夫が脳で倒れたら

三澤慶子

太田出版

夫が脳で倒れたら　目次

プロローグ

夫の右半身は麻痺《まひ》している。

原因は約五年前に発症した脳梗塞。五〇歳だった。あのときから夫の右半身はずっと麻痺したままだ。

発病前までガシガシ動いていた筋肉が入院直後、右側だけ頭から足の先までピクリとも動かなくなった。右瞼《まぶた》だけはゆっくりながら動いていたけれど、口も舌も右側だけ動かない中で、眼球を守るべくなんとか働き続けるその瞼《まぶた》が奇妙に思えるほどだった。

現在、夫の麻痺は少し改善している。

発症前の動きが一〇〇だとすると、発症直後がゼロだったのに対し、長期入院中に動きを得て今は一くらい。一でもゼロとは大きく違う。動く左側の一〇〇の動きに右側の一が加わることで、スローながら歩けるようになったし、手こずりながらも折りたたみ傘を開けられるようになった。言葉も聞き取りやすくなり仕事にもなんとか復帰した。

夫は文筆稼業で映画評論家。

動く方の手でキーボードを打ち原稿を仕上げる。取材に出かけ、インタビューもする。

つまりギリギリながら社会復帰できている。

世の中、両手両足を使うと丁度いいようにできている。

道具類とか衣類なんかは言わずもがな。

例えばパンツ。なにげなく履《は》いているけど、両手で腰まで引き上げることが前提の造形だ。片手では履きづらいことこのうえない。仮に人類の腕が一本だったとしたら、パンツはまったく違うものになっていたはずだ。

なにげないマナーも両手両足を使うことが前提だったりするものがあって、そのことはパンツと同様、ほとんど意識されることはない。

例えば電車内。混雑しているとき、リュックサックは下ろして手に持つのがマナーであり、それができてない人に向けられる目は厳しい。

当然ラッシュ時の車内アナウンスはこうなる。

「リュックサックは手に持ち、一人でも多くのお客様の乗車にご協力ください」

揺れる寿司詰め車内で荷物を手に持つ行為は、もう一方の手でつり革や手すりを掴むことができるか、両足でバランスを崩さないよう踏ん張ることができて初めて成立する。

右手がうまく開かず握力もなく、右足に体重を乗せることができない夫にとって、リュックサックを手に持つことは超絶難しく、やれることといえばお腹側で背負うくらいだ。

夫が歩けばその歩き方で麻痺を抱えていることは見た目に分かるけど、電車の中で立っているだけではそれとは分からないから、周囲の目からはマナーがなってない人となる。

もちろん、リュックサックを手に持つことが可能な場合はそうしてくださいと言ってるだけで強要なんかしてないことは分かるけど、このアナウンスが流れる中でリュックサックを下ろさないでいるのはなかなか辛い。

右片側全般の麻痺は脳梗塞の大きな後遺症だけども、後遺症は他にもある。夫の場合でいえば、内臓、とくに腸周りの働きが低下したし、感情が落ち込みやすくなったし、体調の波も大きく揺れるようになった。

言わずもがな、麻痺を抱えての生活や仕事はすごく大変。夫は発病前にできていた半分のことをやるために、発病前の軽く三倍は時間と労力を払っている。


さて私。

夫は身の回りのことはなんとか自分一人でできるから、動作を手伝うようないわゆる介護的なことはしていない。また感情に流され、暴言を吐いてしまうといった後遺症も出ていないから、そういったことにまつわるストレスもない。私は自由に動け、働きに出ることもできる。それなのになぜか無性にキツいときがある。

例えば夫は体調が悪い日が長く続くと、気持ちもどん底を這《は》うようになる。そんなときには私もツラくなる。

夫は夫、私は私。夫をサポートはしても夫の体調や気分に同調する必要はない。分かっているけど、影響されてしまうのを避けるのは難しい。

夫は発病直後からリハビリが始まった。今も続いているし、これからもずっと続く。身体的にも精神的にもキツいのは夫であって、健康でいられて介護もとくにしているわけではない私がキツいわけがないし、そんなこと言っちゃいけないなあ、なんて思ってた。

思ってはいたけど、夫にはときどきぶつけていた。私だってツラさがあるんだと。夫のツラさと比べれば私のはものすごく小っちゃいと弁《わきま》えているから私基準の抑えめレベルで主張する。どうすることもできない夫には気の毒だけれど、私にだって体調の波があるんだってことを夫に分かってもらいたくなる。

発病から数年後、ふとこう思うようになってツラさは軽減した。

私も息子も含めた家族もみんな、脳梗塞と「闘ってる」ということでいいんじゃないかなと。

夫の脳梗塞後を改めて振り返ってみれば、なんだ私のツラさの原因の元は夫ではなく夫をとり巻く状況でもなく、夫を襲った脳梗塞だってことに気づく。今更何言ってんの、ってくらいの至極当たり前の話なんだけど。

闘ってる夫を「サポートしてる」とか「見守ってる」って立場だと思っていると、行き場のないツラさが湧いてくる。でもそうじゃない。夫と「一緒になって闘ってる」でもない。家族は家族でそれぞれの持ち場で「個人で闘ってる」ってこと。「闘う」なんて大げさだけど、ほかにしっくりくる言葉も見つからないから「闘う」でいいや。程度の問題じゃなく、捉え方の問題だ。とりあえずの言葉であっても当てはめれば、得体の知れないツラさが和らぐことってあるもので、まさにこれだ。

夫の発病後に私が経験したことは夫のとは違う。家族は夫と同じフィールドにはいない。


これから綴るのは、そんな振り返り。夫が麻痺を抱えたばかりの頃、私が一番欲しくてなかなか探し出せなかったタイプの記録だ。脳卒中を患った仕事現役世代の人で、後遺症を抱えてもなんとか仕事復帰できた人の例を、とにかく知りたかった。

小学生の息子もいた当時の私は、生活を支えていくために先々のイメージを持ちたかったのだ。悪いイメージはいくらでも持てる。そんな情報はあまたあるから覚悟もあった。一方で仕事復帰できる方のイメージは難しかった。指針となる情報がたくさんあったなら、もう少しだけ気持ちが楽になったかもしれない。だから当時の私が参考にできるような振り返りになればと思う。

　綴るにあたって「夫」を夫の筆名に変換した。

　距離感の近い「夫」より、プライベートから少し離れた筆名を使った方が断然、当時の状況を俯瞰《ふかん》して書きやすかったから。それに夫の脳梗塞との戦いは文筆稼業を続けていくことを念頭に置いてのものだから、筆名にした方がしっくりくる。

　夫は筆名を轟夕起夫という。ところが夫を轟夕起夫に変換してみれば、かなりの違和感。当時の轟夕起夫の周辺にあった名詞といったら、ラクナ梗塞、分枝粥腫《ぶんししゅくしゅ》、片麻痺《かたまひ》、壊死といった脳梗塞関連の難解で恐ろしげなものばかりで、文字にしてみればさらに近寄りがたいオーラを放つ。そんな名詞群に轟々《ごうごう》と夕方起きる夫と綴る「轟夕起夫」を並べれば、そこはかとなく漂う暗黒感が増す……あくまで私の個人的感想ですが。

　ちなみに轟夕起夫という筆名は昭和の名女優・轟夕起子さんから一部、もといほとんどの部分を勝手に使わせてもらい付けたということだけど。

　ならばと夫がコラムを書く際にときどき使う「トドロッキー」という筆名を発動してみた。脳梗塞関連の名詞にトドロッキーを並べてみれば、うん、暗黒感が薄れて当時の実態に近い感じがした。

　以後の文章で「夫」を「トドロッキー」に変換したのは、そういう訳です。

＊本文中に出てくる病院、医療関係者、患者などの個有名は仮名です。

第1章

発症、麻痺の悪化とセカンドオピニオン

~夫は『ゼロ・グラビティ』の境地へ

入院前夜、トドロッキーは苛立っていた。いつもとは明らかに違った苛立ちを瞬発的に見せたことが印象に残っている。

トドロッキーはその頃大量の原稿を抱えていた。締切が重なってくると全身に電気を帯びたみたいに気配がビリビリしはじめるため近寄りがたいのだが、カッと点火したみたいな苛立ちぶりに、原稿のピンチ度がかつてない事態なんだろうと考えた。それほどにいつもとは違う苛立ち方だった。自宅の一室が仕事部屋になっており、トドロッキーの仕事状況は部屋を出てくる様子で分かる。

私はといえば仕事モードのトドロッキーには立ち入らないと決めているから、とくに反応はしなかった。そもそもトドロッキーの苛立ちは長引かない。そのときも、ほらすぐに収まった、と思ったらごろりと横になってひと眠りの後、のそりとまた仕事部屋に入っていった。

翌朝。息子たちが学校へとはけた直後に起きてきたトドロッキーは、私に不調を訴えた。

「体がおかしい」

眉間にシワを寄せている。

「力が入らない。手が痺《しび》れている感じがする」

手が痺れた感じがするというのは実は数ヶ月前にも言っていたことだった。検査を勧めたが「治ったから」と頑《かたく》なに行かなかった。またそのパターンだろうか。

歯痛もよっぽどじゃないと歯医者には行かない。ある時期、ものを丸呑みしていることに気づいてちゃんと噛むよう進言したら、歯が痛いと打ち明けた。

「そんなに歯医者に行きたくないの？」

「行く時間がない」

原稿の締切に追われていることを理由にした。

「近所の歯医者なら行って帰ってくるのに三〇分もかからないじゃん。忙しくても行けるから！」

「その三〇分が惜しい」

お手上げだ。

その後歯医者にいよいよ行ったのは、歯がぼろりと根元で折れたときだった。トドロッキーを病院に向かわせるにはそれほどの事態じゃないとだめなのだ。

そんなだから次第に、病院に行った方がいいってことはしつこく言わないようになった。トドロッキーが体調不良を訴えてきたときは、一応病院に行くことを勧めはするが、本人が行かないとなれば説得は無駄、行く気になるのを待つしかない。

ただ、今回は気になる。

「熱は？」

「測ったけどない」

昨夜のトドロッキーの苛立ちぶりを思い返すに、やっぱり診てもらった方がいい。

「もうやってるかな病院。行くでしょ？」

言いながら私はネットで病院検索を始めた。

「今日は二本インタビュー取材が入ってんだ。昼に二つ。行ってる時間なんかない」

じゃあ何で私に不調を訴えた？　トドロッキーを見れば仁王立ちでしかめっ面をしたまま固まっている。丸出しで助けを求めているじゃないの。検索を続けた。

「病院寄ってから行けば？」

「資料まだ見てないし」

インタビューするための下調べが終わってない、だから病院に寄ってる時間はないってことだが、いつもの、結局なんだかんだで行かない言い訳モードが発動している。

「じゃあ行かないってことでいいんだね！」

面倒だな、このやりとり。

「どうしたらいい。おかしいんだよ」

混乱しているようだ。絶対診てもらった方がいいと確信した。

「おかしいなら病院行かないと」

「どうすんだよ取材」

「病院寄ってからでも間に合うんでしょ、資料持っていって病院で読めばいいじゃん」

「おかしい、おかしいんだって！」

トドロッキーの体がフラフラし始めた。物事を整理して考えられなくなっている。

「病院行くから」

「取材どうすんだよ」

「病院行っても、その後取材行けるから」

「病院てどこ」

「脳外科かな。痺れた感じがあるんでしょ？」

「いや、分かんない。痺れじゃないかも」

トドロッキーは脳外科ってトコに抵抗を示した。そんな大変なもんじゃないんだとアピールしているが、私が検索していたのは脳神経外科のある病院だった。

脳神経外科を選択したのは、痺れの症状の最悪の病気が脳関係のものだという程度の知識はあったからだ。ただ、脳の病気に本当にかかってるとは思っていなかった。脳の病気じゃないことを診察してもらえば、とりあえず緊急性もないだろうから、トドロッキーの動揺も落ち着いて昼の二本のインタビュー取材に挑めるんじゃないかと考えたのだった。

振り返ればこの思考、おめでたい限り。

実はトドロッキーの症状は脳梗塞の初期症状にピタッと当てはまるもので、即救急車を呼ぶ場面だった。だけど私は脳梗塞だとか脳卒中っていうのはバタンといきなり倒れちゃうものだと思っていて、トドロッキーが歩けていることからそれとは露ほども思っていなかった。

まず、検索した病院に電話をした。トドロッキーの症状が脳神経外科で診てもらうべきものなのかどうかと、これから行ってすぐに診てもらえるかを確認した。回答はそのままトドロッキーに伝えた。

「やっぱ脳神経外科がいいって。すぐ診てもらった方がいいって言われたよ。でもここ、すぐ診るのはやってないんだって。診てくれる病院教えてくれたからそこ行ってみよう」

振り返れば、電話で問い合わせた時も救急車を呼んで今すぐ病院へ、とは言われなかった。私のトドロッキーの症状の伝え方が甘かったのかもしれない。

すぐに支度をし、私はトドロッキーを連れて家を出た。そうでもしないと病院に行きそうになかったからだが、ふらつきがあったことと判断力がひどく低下しているようにも思えて、そこはかとない不安は感じていた。

一緒に玄関を出てみれば、トドロッキーの不調がかなりのものだということが分かった。無言で、ただ私の後を付いてくるだけ。表情がぼんやりしている。ヤバい。急いだ方が良さそうだ。

ちょっと先のバス通りまで走っていきタクシーをつかまえ、家の前に待たせていたトドロッキーをピックアップ。トドロッキーは生垣の石に腰を下ろして頭を垂れていた。不調が進んでいるようだった。

教えてもらった坂の上脳神経外科病院まではタクシーで五分ほどの距離。なのにその時間が長く感じた。トドロッキーの体に何かが起きている。

病院に着くとどうやら外来診療受付開始時間には少し早かったようで、受付スタッフはしばらくお待ちくださいと言った。ホームページで確認したつもりだったが時間を見まちがったのだろうか。トドロッキーを見れば絶不調の表情をしている。

スタッフに聞いてみた。

「体調がかなり悪いみたいなんですけど、すぐに診てもらうことはできませんか？　だめならほかの病院に行ってみます。すぐに診てもらえる病院を近くに知りませんか」

スタッフは直立するトドロッキーを一瞥《いちべつ》して奥へ消え、すぐに医師と共に現れた。まもなく主治医となる一倉医師。

一倉医師は言った。

「すぐ診ましょう。診察室に来てください」

良かった！

そういえばここは救急病院。救急対応してくれたことになるのだろうか。ありがたい。

診察室で一倉医師にトドロッキーの朝起きてからの様子を伝えると、医師はトドロッキーに両腕を突き出すポーズをさせ、目を瞑《つむ》らせていくつかの動作をさせた。

「ＭＲＩ検査しましょう」

迅速に検査が進んでいく。指示に従いトドロッキーはＭＲＩ検査室へ歩いて入っていった。その足取りはさっきまでとは打って変わってしっかりしていた。何だ、大丈夫じゃん！　体調が大きく崩れたってことかな。

点滴でもして終わるんだろう、検査結果に問題は見当たらないから家で様子を見てください、って言われるやつ。検査がこのペースなら点滴を受けたとしても二本のインタビュー取材は余裕で間に合いそうだ、なんて考えていた。

ＭＲＩ検査室前のベンチでトドロッキーの検査終了を待っていた私のところに、一倉医師が足早にやってきてこう言った。

「ご主人、脳梗塞です」

……はい？

「まだ検査中ですけど、画像確認しましたので。このまま入院してもらってすぐ治療に入ります。あとで入院手続きを取ってもらいますので」

それだけ伝えて医師は忙しそうな足取りですぐに去っていった。

私はベンチに座ったまま、たった今、一倉医師が置いていった言葉を反芻《はんすう》した。脳梗塞脳梗塞……。

体の表面に薄氷が張ったみたいな感覚に陥った。

どうしよう。

脳梗塞。でもトドロッキーは歩けてる。そうか初期だったんだと勝手に無知な素人判断を下した。そんなに深刻な事態じゃないと思い込むことで動揺から抜け出したかったんだと思う。すぐにトドロッキーの仕事に考えを巡らせた。

まず最初にインタビュー取材のドタキャンをしなければ。二本か。何時からなんだろ。

トドロッキーにインタビュー記事を依頼した編集者がこのドタキャンでどれくらい慌てるかは手に取るように分かる。一刻も早く連絡をしたいところだけれど、トドロッキーはまだＭＲＩ室の中にいて検査中だ。連絡先が分からないから待つしかない。

そういえば今日までの原稿も数本あるって言っていた。そっちも急ぎで連絡しないと。あの様子だときっと原稿の締切は今日だけでなく、明日も明後日も重なってあるはずだ。

トドロッキーはこの後、病室で電話かけられるのかな。無理か。入院て何日間？　それも伝えなきゃ。

二〇数年前、トドロッキーとは仕事場で知り合った。私が勤めていた出版社の雑誌編集部に出入りしていて、編集者とライターという関係だった。その後私はあれこれの仕事を経験したけれども、結婚して始まったトドロッキー事務所の雑務係歴はどれよりも長い。トドロッキーのスケジューリングから執筆には立ち入らないけれど、お付き合いのある出版社や編集者の名前、終わった仕事についての内容くらいは把握している。緊急入院で私が至急やらなければならないことが山積みとなって出てくるんだろうと覚悟した。


トドロッキーが検査室から出てくる前に、まず私だけ診察室に呼ばれた。

一倉医師がモニターにトドロッキーのＭＲＩ画像を表示し、説明していく。

「白いもやがかかった部分、ここが梗塞部分です」

確かに左脳の一部に白いもやがかかっていた。もやの部分が大きくてぞっとした。

脳内の血管を映した画像が出たときは、太い血管が部分的にものすごく細くなっているのを見て足が竦《すく》んだ。今にも閉塞しそうな細さだった。

無知な素人だが、これらの画像でトドロッキーの脳の中が深刻な状態になっていることがはっきりと分かった。もやの範囲の広さと血管の細さ、初期とかいうレベルではない。

医師から説明された内容はこうだった。

入院期間は二週間で、その間ずっと絶え間なく点滴治療を続けること。

梗塞しているのは右半身の筋肉を動かす部分であること。右半身に後遺症の麻痺《まひ》が出るが、どの程度のものになるかはまだ分からないこと。

すぐに点滴治療を始めるから梗塞が広がる可能性は低いが、近くには言語を司《つかさど》る部分もあり、ここまで広がってしまうと言葉を使うことができなくなること。

梗塞が始まってから既に一、二日経っていると思われること。脳梗塞は早期の処置が大事で、発症四、五時間以内ならば治療方法があり、うまくいけばほとんど障害のない状態まで回復できる可能性がある。ｒｔ－ＰＡ（アルテプラーゼ）という血栓溶解療法が有効だが、トドロッキーは治療効果の期待できる時間をとうに超えていること。

歩けていても痺れを感じたら、それはもう救急車を呼んで一刻も早く病院に向かうべき事態であること。

どの事柄にも心臓が潰れそうになったけれど、一番強烈だったのは言葉を使うことができなくなる可能性を示唆されたときだった。

「言語の部分もだめになる可能性があるってことですか？」

「最悪の場合です。大丈夫だとは思います」

太い血管が今にも閉塞しそうなほど細くなっている画像が目に焼き付いている。大丈夫な感じはまったくしない。

「言語の部分がだめになるとどうなるんですか？　言葉が出なくなるってことですか？」

「失語症とは違います。思ったことを言葉に置き換えることが難しくなります」

それってもう……。

「手術はできないんですか？」

あの細くなった血管を広げる手術は選択肢にない？

「ご主人の場合手術はできません。詰まっているのはごくごく細い血管の部分です。手術できる部分じゃないんです。点滴での治療効果を見ていく、ということになります」

トドロッキーの問題は太い血管が細くなっていることじゃなく、毛細血管の方だと言う。

「夫は文筆業をしてるんですけど、言葉がだめになったらできなくなるってことですか？」

「その場合は、そうですね」

どうしようどうしようどうしよう。

トドロッキーは物事を言葉で編んでいくことを生業《なりわい》にしている。トドロッキーの生は文筆することと直結しているとずっと感じていた。書けなくなればきっと生きていることを嫌がる。

「多分大丈夫です」

医師は言った。

「二週間は治療をしますが、治療が効けばそのまま家に帰れます。右側の動かしづらさの後遺症は残ると思いますので、リハビリをしながらということになりますけど、仕事もできるんじゃないでしょうか」

本当に大丈夫なんだろうか。

私は脳梗塞について知らなすぎた。自分には関係ないと思っていたってことだ。きちんとした知識を入れる機会はあったのに、しなかった。

頭をよぎったのはトドロッキーが今は故人となられた俳優の夏木陽介さんの本を編著したときのことだ。夏木さんはトドロッキーにご自身の脳梗塞発症時の経験を語っていた。私はインタビュー音声をせっせと文字起こししたから内容が頭に入っている。

夏木さんはご友人と麻雀をしていたとき、手を伸ばし摘んだ麻雀牌が持ち上げられなくなったそうだ。ご自身はなぜだかまったく分からずやり過ごそうとしていたそうだが、即反応したご友人が知り合いの医師に問い合わせ、検査が必要だと分かってすぐに病院に連れていってくれたのだという。そのおかげで脳梗塞を初期段階で治療することができて、後遺症も出ず助かったと夏木さんは語っていた。脳梗塞はどういう病気なのか、このときにちゃんと理解しておくべきだった。

もちろんこれはトドロッキーに語った話だからトドロッキーにも同様の後悔があるだろうと思うけど、私は私でなぜ夏木さんのご友人たちのような行動がとれなかったのかと猛烈に悔いた。

「責任を感じます。なぜすぐに病院に連れてこなかったのか。もっと早く気づけたはずなのに」

たまらなくなって一倉医師に懺悔《ざんげ》した。トドロッキーは数ヶ月前に手の痺れを訴えていたのだ。昨夜のあのカッとした、いつもと違う苛立ち。気づけたはずだ。

するとと医師は言った。

「それは思わなくていいんです。責任なんか感じる必要ないんです。今、ご主人はここにいるじゃないですか。連れて来たじゃない。連れてくるタイミングのことで後悔はしなくていいんですよ。今病院にいることが大事なんです。今ご主人は治療を受けられる状態にある。これが大事なんです」

この言葉は私を少し楽にさせてくれた。

「テレビやなんかで救急車を安易に呼ぶことを批判したりするから、本当に呼ぶ必要がある人がためらったりする。ためらわなくていいのに。ニュースとかね、取り上げ方がよくないね」

こうも言ってくれた。私から、そんな負い目なんか背負わなくていいんだよ、と荷を降ろしてくれていることが分かって、その気遣いに泣きそうになった。

気持ちを切り替えなきゃ。

こうなったんだから仕方ない。前を向いてできることをやっていくだけだ。どうぞトドロッキーをよろしくお願いします。気持ちとしては、額《ひたい》を床に擦《こす》りつけてお願いしていた。

自責の念は、実は今でもある。諦めは早い方だがこれは別だ。でも思い詰めることをしなくてすんだのは、この一倉医師の言葉のおかげだ。

診察室を出ると時間のかかる手続きが待っていた。取材のドタキャンの電話連絡を急がなきゃと思いつつ、トドロッキーもまだ検査中だというのでソーシャルワーカーに誘導されるまま何枚もの入院関連書類にサインをした。

サインの儀式をやっと終えて教えられた病室に行くと、トドロッキーはベッドで点滴を受けていた。観念したって感じの表情だ。

第一声、「ごめん」と私に言った。

こんなにも高密度の「ごめん」を渡されたのはこれまでなかったかもしれない。こうなるまで病院に行かなかったことに対してもあるだろうし、こうなってしまったことで迷惑をかける、すまない、って意味もあるだろうし、健康に対しての自己管理ができてなかったことだとか、中学生と小学生の二人の息子に向けても言っていたように思うし、「ごめん」の心当たりは生活の中にあちこち散らばっていて、いくらでもあった。

「ごめん」が重すぎて、どう反応すればいいのか分からない。

トドロッキーはトドロッキーで自分のＭＲＩ画像も見、医師からの説明も受けたという。朝の様子からは一転、気持ちの整理がついたようで思考がしっかりしていた。

「悪いんだけど電話してもらえるかな」

私が言う前に仕事のキャンセルについて指示を始めた。電話番号と担当者名、電話する順番……。この病院内では電話ができるエリアはエントランス周辺だったため、トドロッキーは自分で電話をかけることができない。

自力で点滴スタンドをコロコロ押してトイレに行くトドロッキーの様子を見れば、足取りもしっかりしていて朝の弱々しさが感じられない。医師からは悪化の可能性も示唆されたが、同時に大丈夫だと思うとも言われたわけで、これ以上の悪化はないように感じた。

大丈夫だ。

二週間、治療と一緒に休養すればまた仕事に復帰できる。そう思ったし、トドロッキーもそのつもりでいた。

私は指示された通り電話をかけまくった。担当編集者へはトドロッキーが脳梗塞を発症したこと、だけども歩けていて元気、二週間で退院できる見通しで、その後様子を見ながらになるだろうけれど仕事復帰もできそうだと伝えた。

電話をしているうちに、トドロッキーが想像を超えるものすごい量の仕事を抱えていたことが分かった。どうやったら終わらせられるんだ、この量。病気でもしなかったらケリはつかなかったんじゃないか、と思えるほどだった。

この日はトドロッキーの親族へも含めた大量の電話連絡のほか、自宅に一度戻ってトドロッキーのパソコンから書きかけの文字データをメールで送ったり、預かっていた資料を発送したり、入院生活用の備品類を揃えてベッドサイドにセットしたりと慌ただしかった。

自宅に戻ったときはすっかり夕食時を過ぎていた。

自宅はマンションなのだが、そのエントランスで管理人さんから声をかけられた。

「息子さん二人、家に入れなくてずっとお帰りを待ってましたよ」

おっと。

その管理人さんはありがたいことに子どもたちととても仲がいい。小学生の次男は学校の芋掘り遠足帰りに、掘ってきたサツマイモをお土産に渡したりしていたほどだ。

「学校に鍵持っていくのを忘れたと言ってました」

「二人ともですか！」

「さっきまでそこらへんにいたんですけどね、どうしたかなあ、学校の友達と話してたから友達の家に行ったのかなあ」

「そうだったんですかー。どの友達のトコだろ、心当たりを電話してみますね」

と家に入ると、なんと二人とも中にいてくつろいでいた。

「何でいる？　どうやって入った」

「何で入れなかったって、知ってるの？」

「親の情報網をあなどるなよ」

ベランダの窓の鍵が一つかかってなかったそうで、よじ登ってそこから入ったのだという。俺たちやるだろう的な自慢げな顔だ。

私は戸締りに関しては几帳面な方だが窓の鍵をかけ忘れていたらしい。朝、落ち着いて家を出たつもりがそうじゃなかったようだ。

二人には父親の病名と病状、入院期間の見通しを伝え、しばらく病院通いとなるからよろしくと伝えた。

「ふぇい」

いつも通りの気の抜けた返事。まあいいか、なるべく深刻に受け止めないように話したつもりだ。二週間後には帰ってくる。

このときは、そう信じていた。

入院した坂の上脳神経外科病院を出たのは結局、五週間後だった。しかも退院ではなく、そのままリハビリテーション病院に転院することになったのだが、このときは想像だにしなかった。

入院翌日、面会時間に病室に行くと、トドロッキーは自分の体に点々と入っていく薬剤について スマホで調べていた。

「これ一袋一万円だって」

驚いた。入院時に、入院費がひと月で軽く一〇万円を超えるくらい高額になることは聞いていた。でも高額療養費制度で上限以上は支払わなくていいと説明を受けていたから、負担面を心配したわけではない。ただ単に小さなビニールバッグに入って目の前にぶら下がっている透明の液体が一万円もするってことに驚いたわけなんだけども。

この高額療養費制度とは、病院や薬局でかかった医療費の自己負担額が、ひと月（月の初めから終わりまで）で一定額を超えた場合に、その超えた金額が加入している健康保険から支給される制度。年齢や所得などに応じて支払う医療費の上限が決まっている。トドロッキーの場合、当時の制度で最初の三ヶ月が月額八万円ちょっと。四ヶ月目からは四万四四〇〇円。ただし、個室利用の差額ベッド代や、入院中の食事代などは自己負担。

制度を利用するには、加入している健康保険の窓口で「限度額適用の認定証」を発行してもらう必要があり、手続きは家族でも可。入院先に提出しておくと、病院は上限額を超える分を健康保険に直接請求するから、患者は会計窓口でそれ以外の額を支払えばいい。

「医療費ってすごいんだねぇ」

日頃、健康保険料ってバカ高いなあと思っていたけれど、こうなってみるとものすごくありがたい制度だ。自費なら破産ペースで点滴が流れ落ちていく。


トドロッキーはこのほかにも各種取り揃えの錠剤どっさりセットを処方された。その中に抗うつ剤が入っていることを知って、そっと一倉医師に聞いた。

「抗うつ剤が処方されているってことは、夫にうつ症状があるってことですか？」

「いや、そうじゃないですけど、脳卒中*の患者さんにはみなさんに出してるんです。うつを発症する人が多いんですよ。体の状態が大きく変化しますからね」【*「脳卒中」と「脳梗塞」の違いについてはP.38参照】

「予防ということですか？」

「予防ではないです。うつになっているかどうかはなかなか気づけないのでね。気づいたときには遅かったということのないように出してるんです。退院して様子を見て、必要ないということでしたらやめることを検討してもいいと思いますけど、今は飲んだ方がいいです」

トドロッキーはかなり図太い神経の持ち主だ。うつになるような人間ではないと思っていたからそのときは余計な薬を飲まされている感じがしたが、あとになって、その可能性は十分あって気をつけなきゃいけない問題だとすぐに理解することになった。

トドロッキーが入ったのは六人部屋だった。坂の上脳神経外科病院は救急病院だから当然救急患者がひっきりなしに運ばれてくる。トドロッキーの六人部屋は、男性の救急患者が運ばれてくるとまず入ることになる病室の一つだった。緊急手術を受けた術後の人もいる。病状が安定すれば別の病室に移動となる。

泥酔した急性アルコール中毒の人が運ばれて来たこともあるが、これはレアケース。脳神経外科だけにほとんどは脳卒中の人たちで、ひどい後遺症を抱えてしまった人たちばかりだった。後遺症は様々だがほとんどの人がトドロッキーよりも重く、ベッドサイドにモニターが繋がれていた。

生死の際を彷徨《さまよ》っている人たちに繋がっているそれは、ひっきりなしにアラームを鳴らす。排泄のコントロールができなくなった人たちの排泄処理時の臭い、記憶がおぼつかなくなった人が記憶を辿るために繰り返す独り言、全身が麻痺で動かなくなったうえに思考も感情もあるのに言葉にして表現することができなくなった人の絶望の嗚咽《おえつ》、駆けつけた親族たちの動揺などが常に漂っていた。

窓には鉄格子がかかっていて、少ししか開かないようになっていた。抗うつ剤が処方されている患者の病室に鉄格子ならそれはもう自殺防止目的だ。

「ここひどいよ」

トドロッキーが声を潜めて言った。

「患者が聞こえてないと思ってるのか、反応しないからどうでもいいと思ってるのか知らないけど、看護師とか助手の人たち、ここで病院の不満をずっとしゃべってんだよ。俺聞こえてんの分かってるはずなのに気にしてないんだよね」

面会時間の前、朝食の後のことだという。まさかとは思うが、なんとなくそんなことが行われている感じがしないでもない雰囲気があった。看護師なのか看護助手なのか、それ以外の人たちなのか分からないが、受け答えの感じのよくない人がときどき現れたから。

「この病室ってそういう溜まり場みたいなトコなんだと思う」

「この病院ブラックじゃん」

そういえば、ここの病院のスタッフの質を疑う出来事があった。

入院手続きをしていたときのこと。ソーシャルワーカーに問われるまま、家庭や仕事の状況を説明した。トドロッキーは文筆業で、妻の私も似たような仕事をしているフリーランス夫婦であること。息子が二人いること。

私はトドロッキーが脳梗塞だと聞かされればかりだ。冗談めいたことを話す心境ではなく、問われたことに対してシンプルに答えていた。そして話の流れでこんなことを話した。

「麻痺がどうあれ、家に帰ってきて欲しいです。息子たちの帰る家に夫もいてほしいです」

私のこの言葉に対し、ソーシャルワーカーは、くふふと笑った。何が面白かったのか分からないが彼女は笑った。くふふ。

あれ？　と思った。

雰囲気的には笑うところではまったくない。プロ意識の高いソーシャルワーカーなら脳梗塞を発症した患者の家族に寄り添う姿勢を見せるだろう場面であって、笑っちゃいけないところだった。

非常に不愉快に感じたが、彼女は若い。見た目は二〇代。経験不足ゆえかもしれないが、明らかに空気を読めない人だった。

もしかしたら、こんなことでいちいち不愉快になっている私がどうかしてるのかも。トドロッキーが脳梗塞と聞かされたばかりで相当気持ちがヤラレてるってことなのかも、と気を取り直し、ソーシャルワーカーの態度についてそれ以上考えるのをやめた。

でも思い返せば、あのソーシャルワーカーって、私がもし病院の人事担当だったなら採用しない。面接だけで十分空気が読めないタイプだってことが分かるもの。

だとしたらこの病院、他の病院で採ってもらえなかったような人材しか集められないくらいスタッフには不人気な病院なんじゃないだろうか。だって見るからに重篤な患者ばかりでキツそうな職場だ。

「二週間、なんとか乗り切ってよね。二週間したら帰れるんだから」

二週間なんてあっという間だ。トドロッキーは物書きなんだからこの経験もきっと役にたつ。大丈夫。二週間なんかあっという間だ。

ただ、聞けばトドロッキーの麻痺は入院初日の昨日より少し進行していた。箸を持つ手に違和感を感じると言った。

「字がうまく書けないんだよ」

サイドテーブルに置いてあったノートにはボールペンで文字がズラズラズラと書かれていた。手の麻痺を感じたトドロッキーが書く練習をした跡だった。かなりのミミズ文字。指先の麻痺が進んでいた。

「握りやすいボールペン、買って来てくれないかな」

いつものボールペンは細くて持ちづらいらしい。

「字を書くのに時間かかっちゃってさ」

ミミズ文字にはたっぷりインクが乗っていたから、ミミズ文字を書くのにもかなり苦労したんだろうってことが一目で分かった。バリアフリーのペンなんてどこに売ってるのかなあ。

「握るところがぶっといやつ探してみるよ。でもさ、前からこんな字じゃん」

もともと字が汚くてメモを渡されても読むのに苦労する。パッと見で読むのを諦めることもあって、渡されたメモを手に、書かれている用件を口頭で聞くという何ともバカらしいやりとりをすることも多々だ。

「本気出せば俺の字は綺麗だった」

そう言うが見たことはない。

「結婚前？　何十年も本気出してないでしょ。もともと字が汚いと麻痺が出たかどうか分かんないもんだねぇ」

笑い飛ばしてみたものの、同じミミズ文字とはいえ字体は明らかに変わっていて別人が書いたよう。麻痺が出ていることはもちろん分かる。

トイレに行くためにベッドから立ち上がったトドロッキーの足の運びも、昨日よりゆっくりだった。重い足取り。

言葉には変化は感じられず、しっかりと話せていた。

昨日、診察室で医師は言っていた。麻痺は出るがリハビリで仕事復帰はできるだろうと。

「リハビリすれば大丈夫だよ」

脳の言語の部分にも梗塞が広がる可能性についてはトドロッキーには言っていない。医師がトドロッキーにもその可能性のことを話したのかどうかは確認してないが、余計な不安を持たせたくなかったし、その心配はいらないように感じていたから。

トドロッキーが夕食をとる様子を見ていれば、箸の扱いが昨日より明らかに下手になっている。握る形をキープできないのか、握力がなくなっているのか、箸がグラグラ揺れていて持ち上げた料理がぼろぼろとこぼれ落ちた。

麻痺は進行していたが、もう止まると信じていた。

私はその日の帰り、文房具店でグリップが一番太いボールペンを買った。

家に帰って、打ち消したはずの不安がじんわりと膨れ上がってきた。トドロッキーの容体が気になってしょうがない。今日で麻痺が止まりますようにと祈りながら、この日もトドロッキーの取引先に入院した旨のメールを出した。二週間で退院し、その後仕事復帰予定だと書き添えて。

入院三日目。面会時間開始に合わせて病院に行けば、トドロッキーの麻痺はさらに進んでいた。

「起きたら動かなくなってた」

と見せてくれた右手はゆっくりと上下する程度となっていて、買ったボールペンは持つこともできなくなっていた。

トドロッキーがトイレに行こうと点滴スタンドを動かしながらベッドから降りたとき、膝カックンされた人みたいに崩れ落ちるように床に転んだ。トドロッキー自身も何が起こったか分からないといった感じだった。支えられながらも立ち上がるのにかなりもたついた。

たまたま近くにいた看護師が慌てて車椅子を持って来た。

「バランスを崩しただけなんで、大丈夫です」

トドロッキーが、車椅子なんて必要ないです、そんな大変な事態じゃないんです、とアピールして断るが、看護師は強い口調で言った。

「これからはこれで移動してください。危ないので」

私も最初は車椅子なんて大げさなんじゃないかと思った。体調が悪くてずっと寝ていると立ち上がるときに立ちくらみでふらつくことがよくある。そういうことがトドロッキーに起きただけだと思ったのだけれど、車椅子に座る様子を見て事態を理解した。右足が動いていない。

「なぜか足に力が入らない」とトドロッキー。

麻痺は止まるどころか、刻々と現在進行形で進んでいる……。

二志野という医師に呼ばれ、トドロッキーと二人、診察室に入った。

ちなみに二志野医師もトドロッキーの主治医。この病院では三人の医師が主治医となって患者を担当していた。三人の医師のうちの誰かが常に病院におり、医師の間で患者の情報を共有しています、と説明を受けた。

診察室では、ＭＲＩ画像を前に、トドロッキーの脳梗塞がＢＡＤ（ビーエーディー）というものであると説明を受けた。

「脳梗塞の中でもタイプがあるんです。これでなければいいが、というタチの悪いタイプがあるんですが、ご主人の脳梗塞は残念ながらそのタイプです」

ちょっと待って。

医師の説明は続いていったが、理解が及ばない。

脳梗塞という病気そのものがまず覚えたてなのだ。

まず「脳梗塞」について。

「脳梗塞」は「脳卒中」の一つ。

「脳卒中」は、脳の血管が詰まる「脳梗塞」、脳の血管が破れて出血する「脳出血」と「くも膜下出血」をまるっと総称する言葉。日本では脳卒中の四分の三が脳梗塞で、トドロッキーが患ったのも、これだ。

脳梗塞には大きく分けて次の三つのタイプがある。

「アテローム血栓性梗塞」、「心原性脳塞栓症」、「ラクナ梗塞」。

アテローム血栓性梗塞は、脳や頸部のわりと太い血管が詰まったり、血流が悪くなったり、そこでできた血栓が剥がれて流れていくことでさらに先端の脳の血管の一部が詰まる状態。

心原性脳塞栓症は、心臓の中でできた血栓が脳に流れてきて詰まる状態。

ラクナ梗塞は、脳の細い血管が詰まり、その結果一五ミリ以下の小さな脳梗塞ができた状態。

トドロッキーの脳梗塞は診断書ではラクナ梗塞と記載されている。

二志野医師の話に戻れば、ラクナ梗塞ではあるものの、中でも特殊な分枝粥腫《ぶんししゅくしゅ》型梗塞（Branch Atheromatous Disease）、通称ＢＡＤ（ビーエーディー）と呼ばれるものだという。英語で「悪」を意味するＢＡＤ（バッド）ではないが、そう捉えていいくらいタチが悪い。

ＢＡＤは、血管を川に例えるなら、太い本流から出てる支流のその分岐点あたりが狭まることで起こる。支流の先に水が流れなくなってしまい、それまで潤っていた一帯が干上がってしまう状態がＢＡＤ。ラクナ梗塞よりＢＡＤの脳梗塞は大きくなる。

ＢＡＤをラクナ梗塞とは別ものとして、脳梗塞を四つのタイプ「アテローム血栓性梗塞」「心原性脳塞栓症」「ラクナ梗塞」「ＢＡＤ」に分けたりもするらしいけれど、私が説明されたときはラクナ梗塞のうちのＢＡＤ、ということだった。まあ括りはどうあれ、ＢＡＤがどういうものであるかに変わりはない。

ＢＡＤによって引き起こされるのは片側性の運動麻痺、感覚障害、呂律《ろれつ》障害などで、どれも軽症であったのが短期間に悪化し、どんな治療をしても症状が緩和されず進行してしまう。毛細血管が詰まり始めると現在行なわれている治療ではお手上げ。毛細血管は処置するにはあまりに細過ぎるし、分岐点あたりを強制的に広げることも血管が折れ曲がっているような場所のためできないという。

ＢＡＤのタチの悪さは、病院で処置を受けているにも関わらず急激に悪化していくところにあり、初見では医師も分からないという。入院して処置を受ければ患者や家族は悪化が止まると思っている。なのに止まらないどころか体の機能がガクンガクンと落ちていく。落ちて初めてＢＡＤだと診断される。亡くなる人が多い病院内で、日に日に体が動かなくなる恐怖は筆舌に尽くし難い。

ＢＡＤの説明を医師から受けている間、ずっと頭がぼんやりしていた。私の脳が理解することを拒否しているみたいに、言葉がほとんど入ってこない。それでも耳を傾け、モニターに映し出されているトドロッキーの最新のＭＲＩ画像を見た。入院初日に見た左脳の白いもやがかかった部分は、もはやもやではない。まっ白だ。血液が行かなくなって梗塞が進んだことを示している。

「止まるんですか」

もういいかげん進行は止まるよね。今日、止まるよね。これだけ進めばもう十分。病院にいるのに進行しつづけるっておかしいじゃない。点滴だってまったく効果がないわけでもないでしょうに。

「見守るしかない状況です」

この言い方、まだ進行しますと言っている。動揺が止まらない。院内のあちこちの病室にいる身動きできない重篤な入院患者の様子が脳裏にフラッシュで次々と現れた。この先、トドロッキーはああなるってことなんだろうか。隣のトドロッキーを見れば、表情を変えずただ黙って聞いていた。

病室に戻ってからトドロッキーと交わしたのは他愛もない会話。二志野医師が言ったことを反《はん》芻《すう》するようなことはしなかった。身体の機能が刻々と落ちているトドロッキーはきっと正気をギリギリ保っていたような状態だったんじゃないだろうか。

そんなトドロッキーの頭になんと三人目の主治医、三河医師がハンマーを振り降ろした。

夕方だったろうか。病室にいた三河医師は車椅子でトイレからベッドに戻ってきたトドロッキーの様子をしばし眺めていた。車椅子にもまだ慣れないトドロッキーは、それでも私に押してもらうのを嫌がり、動く左足と左手を使ってゆっくりと動かしていた。車椅子の後を付いて歩いていた私が三河医師に軽く頭を下げて挨拶すると、医師はトドロッキーの前に立ちはだかり、言った。

「次は左だな」

最初、何を言っているのか分からなかった。三河医師はご丁寧に言葉を付け足してきた。

「いつそうなってもおかしくないから。左、左も麻痺しますよ」

三河医師は少し微笑んでいた。その微笑みのままくるりと背を向け、ゆっくりと病室を出ていった。

何が起こった？

医師が、次は左と言って去っていった？

トドロッキーに？

心臓を握られたような衝撃。トドロッキーも固まっている。

左も麻痺するということはもう寝たきりだ。そういう深刻な状態なのは分かった。見せられたMRI画像に写っていた部分的に極端に細くなった血管は、麻痺が出ている右半身を司る左脳だけのことではない。右脳の血管も同様の状態だった。だから右脳にいつ梗塞が起きても不思議ではない。そうなれば左が麻痺する可能性がある。診察室でそう言われたわけではないけれど、MRI画像でその恐怖は漠然と感じていた。

だけど、何、その言い方！

そんな風に言うのであれば家族だけに伝えて欲しかった。本人に伝えるとしてもこんな無防備な状態で言う？　トイレから戻って来たところに爆弾くらいの威力ある言葉を投下されたのだ。

三河医師にはそのことが分かっているんだろうか。

三河医師のことをこのとき怖いと思った。

麻痺はその後も進み、夕刻には右腕で動くのは人差し指の指先だけとなった。だらりと垂れて持ち上がらない右腕の人差し指の指先をかすかに動かしてみせ、トドロッキーは言った。

「ここしか動かない」

夕食は左手で食べた。利き手は右だから左手で食事をしたことはない。スプーンを使ってトドロッキーはゆっくりと食事を口に運んだ。


トドロッキーとは入院してから毎朝、起きたときにメールのやりとりをしていた。

「おはよう」

「おはよう」

簡単な朝の挨拶だ。これがトドロッキーの生存確認の様相を呈してきた入院四日目の朝、「おはよう」と送っても返事が来ない。病院の朝食の時間になってもメールが来なかった。

何かあったのではと思うが、何かがあったときには病院から電話連絡があるはず。ここ数日の疲れでぐっすり寝続けているのならいいが。もしくはトドロッキーのスマホの充電が切れたのかもしれない。

いつもの挨拶メールがやってくる時間から二時間ほど経ったとき、やっと「おはよう」のメールが届いた。なぜ今頃？　何があったのかをメールでは怖くて聞けない。じりじりと面会時間が来るのを待ち病院に向かった。

病室に入ると、ベッドにはぐったりとしたトドロッキーがいた。囚われの身みたいな顔をしていた。病室が牢屋に思えたからそう見えたのかもしれないけれど。

病室は窓からは光が入っていたし、蛍光灯も常時ついていて一般的な病院と同じ、明るさは十分。にもかかわらず印象は、死神たちがマントを広げて宙を蠢《うごめ》いているのかと思うほど暗い。空調が効いているのに息苦しく、ドアは解放されているのに閉ざされているような暗黒感漂う空間に思えた。

トドロッキーは頭を枕から上げずに言った。

「早朝にＭＲＩ検査したんだよ」

やっぱり、事が起きていた。

「夜中の点滴が流れてなかったみたいで、大騒ぎになってさ」

どういうこと？　言葉にしたくなかった言葉を口にした。

「再発？」

ゃないかと思いながらも、私の〝ちゃんと〟レベルでもとくに不自由なく私は生活してますよ、っていうことのアピールで、気にしすぎだよ、加齢もあるしね、と言ってやった。

「スマホで調べればああそうだったたって思い出すんだけど」

「じゃあ調べまくって記憶を新しくしとけばいいんじゃないの？」

テキトーなことを言った。

「そう思ってさ、だからいろいろ調べてんだ」

ほお。

この六人部屋に四〇歳代の公務員男性が新たに入って来たが、彼は昨日あったことをあまり覚えてないという記憶障害を負っていた。

「すぐ忘れちゃうんですよ。だからメモしてるんです」

彼はそう言って、元来真面目な性格なんだろう、びっしり書き込まれたメモ帳を見せてくれた。

「私、職場で倒れたんです。周りにいた人が救急車を呼んだそうなんですけど、そこも記憶はないですね」

体の動きに麻痺は出ていなかったし、滑舌も滑らかで問題ないのだが、この障害を負ったまま職場に復帰できるかどうかを彼はものすごく心配していた。

そんなこともあってトドロッキーは自分の記憶力について敏感になっちゃってるのかなと思った。

「高次機能障害」という言葉がある。

脳梗塞後のトドロッキーの反応の鈍さに障害名をあてはめるなら「高次機能障害」で、同室男性のもこれだ。リハビリテーションによって改善される可能性があるという障害。怪我や病気で脳がダメージを受けたときに出てくる症状で、生活に制約が出ちゃうような程度のものを言う。

高次機能障害には大きく次の四つがある。「記憶障害」「注意障害」「遂行機能障害」「社会的行動障害」。

記憶障害は、物の置き場所を忘れたり、新しいことを覚えられなかったりするようなこと。

注意障害は、ぼんやりしていてミスが多かったり、二つのことを同時にすると混乱したりすること。

遂行機能障害は、自分で計画して実行できない、人に指示してもらわないと何もできないなどのこと。

社会的行動障害は、興奮したり暴力を振るったり、自己中心的になったり。

こういった高次機能障害が自分に出ているのではと恐れるトドロッキーの報告は続く。

「テレビ見ながら出てる人の名前を思い出してるんだけど」

そんなことして見てるんだ。

「忙しいね」

「忙しいよ。覚えてても漢字が出てこなかったりするし」

漢字も！　私はこれまで人の顔を見て名前の漢字が出てくるかどうかを脳内確認したことは多分ほとんどない。

「いちいち調べるんだ？」

「調べるね」

そうか、トドロッキーは人の名前を思い出すとき、漢字も一緒に思い浮かべてたのか。記憶のレベルの違いを悟った。

人の名前がぱっと出てこないのは確かにトドロッキー的に問題なのかもしれない。トドロッキーは俳優や監督名、スタッフ名といった人名をはじめ固有名詞にやたら強い。映画に関係する名詞となると、新旧問わずぽんぽん出てくる。映画評論家だから当たり前とは思うけども、だからこそ仕事を左右する問題だ。

例えば年配の映画関係者にインタビューするとき、この記憶力はものすごく役立つ。関わった映画を多く持つベテラン勢はもう過去の作品がときどきごっちゃになってしまったり、どの作品で誰と一緒だったかがパッと出てこない場合が多いのだけど、そこをトドロッキーの記憶力でもって整理してフォローしてあげればインタビューの内容は広がっていく。

トドロッキーのインタビュー音声を文字起こしするのは私の役目で、これまでにものすごい数のインタビュー音声を耳にしてきた私は、トドロッキーの記憶力がどれくらいのものなのかなんとなく解っている。それを思えば人名が出てこないというのは、本人にとってはかなりな不安要素だろう。

「でも調べれば、ああそうだったたってなるんでしょ?」

「そうなんだけど」

「じゃあそうやって記憶を更新していけば大丈夫ってことじゃん」

「ラジオで音楽聴いててもけっこう出てこないんだよ。ボーカルの名前とか」

ラジオでも同じことやってるのか!

「いちいち調べるなら超忙しいじゃん」

「忙しいね」

ちなみに思い出せなかったのは誰かと聞けば私の知らない人。

私はもともとその人を知らなかったんだろうか、それとも知っていたのに記憶をなくしてしまったのだろうか。やだ、私の頭は大丈夫なんだろうか。

もともとあったものがなくなれば高次機能障害を負ったとなる。トドロッキーにとって高次機能障害となる記憶レベルは、私にとっては通常レベルより高い。それなのに私のは高次機能障害とは言わない。

んー。やっぱり深く考えると私が凹むことになるな。

いや待て。

当事者の負った高次機能障害は他人には非常に分かりづらいから、程度を理解しようにもしきれるものではない。そもそも「高次機能障害」ってネーミングからして分かりづらい。字面だけの印象でいけばですごく重くて手に負えない感じだ。人によって症状も千差万別だから、この言葉が示す事柄の範囲もとんでもなく広い。だからトドロッキーの場合に絞って理解しようとしたならば、凹む必要はないと気づいた。

人の能力はそれぞれで、能力は生まれ持った個性として語られることも多い。生きていくうちにその人に必要な能力は伸びていくし、必要のない能力ならなくなってしまっていてもそのことにすら気づかないんだろう。もともと持ってない能力については高次機能障害にはなりえない。

「高次機能障害」と「個性」と「能力」。

これって近さを感じるけど、やっぱりそうじゃない。

人はその人の持てる能力を活かして足りない能力を補うアレンジ力がある。リハビリテーションの動作トレーニングで覚えたことと同じ。

その人を支えて来た能力が病気によって欠けたとき、その人が途方にくれるのは、その能力でやれていたことができなくなるのと同時に、他のこともできなくなってしまうからでは？

トドロッキーはもともとできることとできないことがはっきりしている人間だ。突出している能力で、持ち合わせていない能力を補ってこれまで生きてきたわけで、トドロッキーを支えていた能力が欠けたら、とたんに生きる力を失う。その能力の一つが記憶力だ。

私はといえば、コンプレックスを持つほどの頼りない記憶力を、器用さと好奇心を駆使し、なんとかカバーして生きてきた気がする。私が自分の器用さを失ったら、生きていけるのか自信がない。

だからトドロッキーの記憶力と私の記憶力は、並べて考えるようなものじゃないのだ。

高次機能障害はリハビリテーションで改善する可能性があるとされている。トドロッキーの記憶力の低下が果たして専門家の言う高次機能障害のくくりの中に入るのかどうかは置いておくとして、のちのち仕事にほとんど支障のないほどに改善したことを付記しておく。

＊

二週間の点滴治療が終了し、私だけ一倉医師に呼ばれた。

「MRIで確認しましたが梗塞の広がりは確認できません。転院の手続きに入りましょう」

やった！　待ってました！

当初は二週間で退院し自宅に戻る気でいたけれど、麻痺が悪化したところでリハビリテーション病院へ転院する道が決まり帰宅は遠のいた。これはもう了承済みだ。

一倉医師の転院許可後、ソーシャルワーカーから転院までの大まかな流れについて説明があった。

まず転院先として希望するリハビリテーション病院を選ぶ。選んだ病院にはソーシャルワーカーが申し込みをする。申し込み先の病院から受け入れOKが出たら、指示された日に転院する。病院間の段取りはすべてソーシャルワーカーがする。

うん、シンプル。

転院先の候補として、リハビリテーション病院のパンフレットをいくつか見せてくれた。

「ここの患者さんはだいたいこれらの病院に転院してますね。近くの病院ってことですね。みなさんだいたい自宅から近いところを選ばれます」

「このパンフレット以外のところでもいいんですか？」

「いいですよ。希望のところがあるんですか？」

「いえまだ」

ざっと調べてはいたけれど、とくに絞り込んではいない。

希望はやはり家からそう遠くない立地にある病院だけれど、リハビリをちゃんとやってくれるところ。技術、ノウハウのあるところがいい。

「じゃあ」とソーシャルワーカーはパンフレットの個々の病院について説明を始めた。「えー、この病院が一番近いんです。綺麗ですよ、数年前にできたばかりです。すべて個室になってるので差額ベッド台がかかります。個室かどうかのご希望はありますか」

「差額ベッド代ができるだけかからないところがいいです」

トドロッキーの入院により我が家は緊縮財政政策実施中である。

「じゃあ」とソーシャルワーカーは別のパンフレットを広げていく。

「ここはパジャマのレンタル代が安いですね。四人部屋だと差額ベッド代はないです。病棟は古い感じになるんですけど」「ここは四人部屋でも少し差額ベッド代が発生します。数年前にできたところなので施設が綺麗ですね」「あ、ここは差額ベッド代ないです」

入院費の安さだけにスポットを当てた説明が展開されていく。

「リハビリテーションの実績とか技術に関してはどうですか？　お勧めはありますか？」

「えーと。どこもちゃんとしてますよ」

それはそうだろうけど答えになっていない。私が聞きたいのはちゃんとしているその先の個性だ。なんだか嫌な予感がする。聞き方を変えた方が良さそうだ。

「入院患者さんで若い人の割合が高い病院となるとどこですか？　若い人っていうか、働きざかりの人ってことですけど」

「んー」

なぜそんなことを聞くのって表情でソーシャルワーカーはパンフレット内の病院概要をチェックし始めた。だから説明した。

「仕事復帰を目指している人を多くみているところってありますか？　患者の年齢層が若いとかそういう。家庭復帰じゃなくて、仕事復帰したいので、そういう実績のあるところがいいんですけど」

高齢者と仕事現役世代のリハビリテーションとでは、どうも違う気がしていたからそう聞いた。トドロッキーはPCのキーボードのキーが右指でまた打てるようになりたいのだ。もはやトドロッキーの麻痺の状態では超難しいとは分かっているけれど、どっかの病院に「できますよ」ってプロフェッショナルがいるかもしれない。こっちはリハビリテーション界のことについてはド素人、ゴッドハンドがどこかにいるならその情報や見つける糸口が欲しい。ソーシャルワーカーなんだからちょっとは何かを知ってるでしょ？

「しっかりしたリハビリテーションを受けたいんです。評判がいいとか、そういうこと、何かご存知ですか？」

まだパンフレットをぺらぺらめくっているだけのソーシャルワーカーに重ねて聞いた。少なくともイカレ三河医師のようなスタッフのいるところは避けたい。

「どこもちゃんとやってますよ。リハビリテーション病院ですから」

ソーシャルワーカーはパンフレットから視線を上げて言った。パンフレット以外の知識がないようだった。この人、実際に行ってみたこともないのかもしれない。っていうか、こういう私みたいな質問をする人は、ほかにいなかったのだろうか。いないはずはないだろうから、その度にこうやって躱《かわ》してきたんだろうか。

ソーシャルワーカーは選択を急《せ》かし始めた。

「で、どこがいいですか」

今ここでパンフレットで決めてくれと？

「下見してから決めます」

パンフレットだけで決める気は毛頭ない。目の前のソーシャルワーカーは情報を何も提示できないわけだからなおさらだ。実際に見てこないと。もう病院選びで後悔したくない。

するとソーシャルワーカーは言った。

「下見は、受け入れ許可が出てからとなります」

えっ？

「下見する前に申し込まないとだめってことですか？　申し込まないと下見ができない？」

業界ルール？

「そうです。申し込んで、先方から受け入れ許可が出たら先方のソーシャルワーカーと下見の日にちを決めてもらって行ってもらうことになります」

「受け入れ許可が出ないと下見ができない？」

「そうです」

当たり前でしょ的な言い方だけど、それは違う。一般的には下見をしてから申し込みが順序ってものだ。

「受け入れ許可ってすぐ出るんですか？」

「ベッドに空きがないと出ません」

「空きがないことがあるんですか？」

「今混んでるんです。脳卒中の患者が多い時期なので。どこもベッドが埋まってるようなので空き待ちになります」

空き待ち！　そういえばセカンドオピニオンで行った病院の看護師も今はベッドがいっぱいだ

と言っていた。ものすごく嫌な予感。

「空き待ちって、どれくらい待ちそうですか」

「今二週間くらい待って転院している感じですね」

二週間！　やっと二週間経ったのに、これからさらに二週間待つ！

会話の途中でイライラスイッチが入っていた。もう戦闘態勢だ。とはいえもちろん口調は穏やかにいく。リハビリテーション病院の知識がないことはさておき、病院業界のルールや空き待ちの状態ってことにソーシャルワーカーには何の責任もないから責めるつもりは毛頭ないんだけれど。じゃあこういうこと？

「パンフレットで病院を選んで、ソーシャルワーカーを通して申し込みをして、二週間後くらいにベッドの空きが出たら転院許可が出て、下見しに行って、その病院を気に入らなかった場合はまた振り出しに戻るってことですか？」

「そうです」

当たり前でしょ、という口調は崩れない。

「移れることになるまで、この病院で待機するということですか？」

「そうです」

倒れるかと思った。こっちはすぐにでも転院してリハビリ生活に入りたい。ここの病院にもうこれ以上いたくないってことも大きな理由だけど、みっちりやる回復期リハビリテーションをできるだけ早くスタートさせることがよりよい回復につながると学んだ。一刻も早く移りたい。

それなのにまだ二週間いるなんて。

しかも二週間待って下見して気に入らなかったら、また別の病院に申し込んでさらに二週間待って下見……。

リハビリテーション病院には何ヶ月もの長期滞在になる。居心地は大事だ。仕事復帰を左右するリハビリを受けるのだ。吟味して検討したい。

なぜ事前の下見がNGなんだろうか。病院は忙しいから、いちいち下見の人を案内する労力は省きたいってことかな。防犯的にもプライバシー的にも勝手に病院内を見てくださいってわけにもいかないんだろう。

さてどうしよう。

しばしパンフレットを睨み考えた。

よし、決めた。

下見はする！　申し込みも急ぐ！

とりあえず行ってみるだけ行ってみよう。内部が見られなくても外観だけなら見られるわけだし。出入りしている人たちの感じから中の様子を推測することができるかもしれない。私が通いやすい場所にあるのかも実際に行ってみれば確かめることができる。

ただあちこち下見に回るにしても一、二日かかる。極力早く転院したいから一日のロスも惜しい。ということで、とりあえずパンフレットで一番良さそうなところをこの場で選んじゃうことにした。申し込んでもらっといて、こっちは下見に行き、他の方が良ければ申し込みをキャンセル、ここだと思ったところに再度申し込んでもらうとする！

私が一人で決めちゃっているが、トドロッキーからはどこでもいいと言われている。

「君がいいと思ったところで俺はいいから」

と一任されていた。脳状態的に思考するのが難しいってことなんだろう。

で、とりあえず選んだのは、内装がこの坂の上脳神経外科病院と一番雰囲気の違う潮風リハビリテーション病院。壁が白い坂の上脳神経外科病院に対して、潮風リハビリテーションは茶系が基調。あくまでパンフレット上だが建物自体あまり病院っぽくない佇まいだ。気分が変わるのはすごく大事な気がしたからそこにした。というか、そこしか検討材料がなかった。パンフレットに書かれている、各病院が提供しているリハビリテーションの内容はどれもほぼ同じ。決められた基準を満たしてますよってアピールはあるが、それ以上はないのだ。建物の見た目で選ぶしかないのだった。

「ここにします」

独断し、トドロッキーには経緯を説明した。

トドロッキーの腕に二週間繋がっていた点滴がはずれていて嬉しそうにしていたが、あと二週間、この病院に居続けなきゃいけないことを知って、一瞬言葉を失った。ところが意外にもすぐに気持ちを立て直したようで、前向きな発言をした。

「待機でもここのリハビリは受けられるんだよね」

「受けられるよ」

受けられるがあくまで急性期リハビリテーション枠内。つまりリハビリテーションを受けられる時間が、転院後の回復期リハビリテーションでの時間枠よりぐっと少ない。

「じゃあ、まあ、自主トレの仕方も教えてくれてるし」

点滴が外れて動きやすくなったから、転院までは自分で取り組んでいくつもりだと言った。この病院に来てから諦める力がアップしたんじゃないだろうか。

「あと二週間せめて違う病室に移れればね。きっとすぐ移れるよ、点滴外れて転院許可も出たんだから安定したってことでしょ」

発病後ずっと最悪の目が出続けている。転院できるのは二週間後よりもっと後になる可能性もあるだろうし、この六人部屋にずっと居続けなきゃならない可能性も十分ありそうだ。でも一命を取りとめられたことは何より。とりあえず前に進める展望が見えたのだ。やれることをやっていけばいい。そんな感じのことは、トドロッキーとは言葉で交わさなかったけども気分として共有していたように思う。

翌日、さっそく朝から下見の病院巡りに出かけた。

ちょっとでも病院で働いているスタッフの雰囲気が見られればいいのだけど。印象がいいところがいいなあ。

私が通うのに無理のない許容範囲内にある四つの病院をピックアップし、グーグルマップを頼りに行ってみた。

一つ目は総合病院で、その一角に回復期リハビリテーション病棟を持っている。朝のうちに到着したため、ちょうど外来受付時間内で人が多くいた。なんだ外来病棟なら患者のふりして入れる。外来病棟が広かったため外来患者に混じってあちこちウロウロしてみた。まあ、ごく一般的な少し歴史を感じる総合病院。

回復期リハビリテーション病棟の位置を確認するため案内板を探しているうちにどんどん奥へと入り込むことになった。

人がいなくなり雰囲気ががらっと変わって外来病棟から内部に進んでしまったことを悟ったときには、不審者に思われないようキョロキョロするのをやめた。ここまで来たのだ後には引かないぞ、前進あるのみ。

あった、リハビリテーション病棟と表示されている。ここまでノーチェック。廊下はときどき看護師が通るくらいで閑散としている。

えい、と病棟内に侵入、もとい進入。面会人を装い、看護師とすれ違うときには病室番号を確認している感じの演技なんかを織り交ぜて、ドアが開け放たれている病室内をちらりと覗きながら巡った。ほかに面会人らしき人がいなかったため面会時間外だったのかもしれないが、気にしない。時間外でもいろんな事情で面会人はいるものだ。不審者に見られないよう堂々とゆく。

白が基調の清潔感ある内壁。一目でここが病院と分かる雰囲気。

巡っているうちに談話室らしき部屋を発見。廊下からは中の様子が分からなかったためドアを開けて覗いてみることに。もちろん私は面会人だから人を探している感じをキープだ。なるべく内部をじろじろ見ないようにし、探し人がいないと分かって「あら、あの人ここにもいないわ」的な感じですぐ出ていくって演技プランでドアを開けて、閉めた。室内には数人入院患者がいたが怪しまれることはなかった、と思う。

談話室の壁には切り紙の装飾が飾られていたり、棚に手作りの造花だとかが置かれていた。けっこうな頻度で高齢者向けのレクリエーションが行なわれているのでは、と感じた。なんだかんだで下見やれていているではないか。

面会人じゃないのにこうやって入ることはルール違反だと自覚している。ノーチェックでここまで入ってこれたわけだけど、つまみ出されておかしくない行為ではあるはず。だがここまで来たら後に引くつもりはない。続行だ。もう一つ見たかった場所、リハビリテーションルームを探した。

あった。

ドアがあるだけで内部を見られる窓はない。ドアの間隔からこのリハビリテーションルームがけっこう広いことは分かった。

んー。内部が見たい。

見ると決めた。

談話室を見た要領でいく。

小心者だからドアに手をかけると心臓が大きく鳴った。談話室のときは平気だったのにリハビリテーションルームはなぜ気が咎《とが》めるのか自分でもよく分からないが、明らかにこの部屋は見学のクライマックス、テンションはマックスだ。

えい、とドアを開けてがっつり首を入れ、中を覗いた。もちろん人を探している風を装っているから中には入らず、「あら、あの人ここにもいない」的な感じで一瞬で眺め回し、すぐにドアは閉めた。

細部はチェックできなかったが、なんとなく雰囲気は分かった。すぐに現場を離れ、病棟から逃げるようにエントランスを目指した。一目散だ。病院を出て、足早をキープしつつ振り返る。警備員らしき追っ手はない。

心臓は高鳴っている。何だこの犯罪者的気分。

やってきたバスに飛び乗った。発車後、もう一度追っ手がないことを確認して一息ついた。のんびりと住宅街をゆくバスに揺られながら、今見てきた内部の様子を思い浮かべた。

リハビリテーションルームには三組ほどの入院患者と理学療法士がいた。マンツーマンでのリハビリテーション中だったと思う。理学療法士はいずれも年齢的にみて中堅。おそらくそれなりの経験を積んでいる人たちなんだろう。室内はわりと広く機器類は充実していた。穏やかな雰囲気だと感じたのは、柔らかい太陽光が窓から入っていたからかもしれないけれど、雰囲気は大事だ。

下見としてはもっといろいろチェックしたいことはあったし、リハビリテーションの様子ももっと見ていたかったけど、そもそも外観だけでもと思って来たのだ。それを思えば収穫は想定以上で十分。

懸念事項はこの病院の警備態勢か。まあとにかく悪くない病院だってことは分かった。他の病院がイマイチならここはありだ。

次に訪れたのは、個室の病室しかない、差額ベッド代がバカ高い病院。金持ちしか相手にしないっていう姿勢丸出しの病院だ。転院先としては対象外だが料金がお高いならきっと提供するサービスもハイレベルなんだろうと予想し、リハビリテーション病院のハイレベルがどういうものなのか見ておきたくて下見リストに入れた。

ここは総合病院ではない。内科の外来も置かれているが、入院施設はリハビリテーション病棟のみである。案内板を見ればその日内科外来は休診日だった。となれば人の出入りは面会人だけなのだろうけど、面会人らしき人はまったく見当たらない。時間外なのかもしれないが、面会時間の表示がないため分からない。

こうなるともう、さすがに部外者は入りづらい。

外周を散歩して外観を眺めた。

分かったのは外壁の素材と色使いだけ。どんな病院かがまったく分からない。当たり前か。やはり中が見たい。

もう犯罪者的気分になるのは嫌だなあ。ということで、受付に正直に訪問の理由を告げて院内の見学が飛び入りで可能かどうか聞いてみることにした。

エントランスに施錠はされていなかった。入るとすぐに受付カウンターがあるが人がいない。

それどころか見えているロビーのどこにも人影がない。館内の案内表示を見てみれば病棟は二階より上らしく、エレベーターは奥に見えている。しばらく佇んでみるが人が出てくる気配がない。

受付カウンターに呼び鈴はあったが、どうしよう、人を呼ばなくてもエレベーターには乗り込めそうだ。いやいや、それではまた侵入者だ。呼び鈴をならそうか、誰かが出てくるのを待ってようか。うだうだと逡巡しながらとりあえずロビーのラックにあったリーフレットを手にし、目を通していたそのときだった。

気にしていた受付とは反対の方向から理学療法士らしき人が突然現れた。

「こんにちは！」

彼は気持ちの良い挨拶をしてきた。不意打ちみたいに挨拶されたので反射的に返した。

「こんにちは～」

彼はそのままスタスタと奥へ去っていった。

むむ。私は面会人だと受け取られたのかな。私からそういう雰囲気が出ているのだろうか。確かにトドロッキーの面会人歴二週間。何かが滲み出ていても不思議じゃない。

じゃあ、もう、ちょっとこのまま上に行っちゃおうかなー。何か言われたらそのときに要件を伝えればいいや。

ふらりとエレベーターに乗って、適当な階のボタンを押した。

途中の階でまた違う理学療法士らしき人が乗り込んできた。

「こんにちは！」

みんな感じがいい。挨拶されたのでもちろん返す。

「こんにちは～」

うろたえちゃいけない。いかにもこの病院には何度も来ていて慣れてます的な演技をしてみた。堂々と、ずうずうしくだ。ただ、これではまたもや侵入者だ。

もうこのまま行くしかない。腹を据えた。

降りた階にはずらりと個室の病室が並んでいた。ぐるりと巡る。ほとんどの部屋はドアが開けられたままになっていて中の様子が丸見えだった。

リハビリテーション室でリハビリテーション中なのか、それともレクリエーション的なことをやっているのか、主がいない病室も多かったが、確認できた主は例外なく高齢者。廊下にはスタッフが行き来していて、こちらももれなく「こんにちは！」と声をかけてくれた。もちろん「こんにちは～」と堂々と返した。

ウロウロ感が出ちゃわないよう、すぐに階を移動。すべての階をぐるりと、かつ素早く巡った。

談話室的な部屋がどこかにあるはずだが見つけられなかった。スタッフステーションには近づかないようにしたのでその近くにあったのかもしれない。

リハビリテーションルームが一階のどこかにあるのは分かっていたが、これは探さないことにした。最初に挨拶してくれた理学療法士らしき「こんにちは！」の人が中にいそうだし、また出会えば次は「どうしました？」って声をかけられそうな気がしてびびったのだった。

もういいや、どうせここには転院しない。下見終了、外に出た。

追っ手はなかった。

ここの病院、スタッフが全体的に若かった。そして感じいい。入院患者は最初に見た総合病院よりも年齢層が上に感じた。どちらも高齢者ばかりなのは同じだが、こちらの方がより高齢だからか弱々しい感じ。

リハビリテーションルーム内の様子は分からないが、スタッフがあの感じだときっと雰囲気はいいんだろう。ただ若さゆえリハビリテーションの技量的には経験が浅そうな感じもする。

病室はアイボリー基調で使いやすそうな収納も備え付けてあり、病室というより部屋みたいな感じでさすがに居心地は良さそうだった。だから老人ホーム的な感じもあって、んー、仮に差額ベッド代を支払う経済的余裕があったとしてもトドロッキーがこの中に入るイメージがつかない。

うん、来てみてよかった。やっぱりパンフレットじゃ分からないことが確実に分かる。

三つ目の病院へ向かった。

ここはとりあえず転院希望をした潮風リハビリテーション病院。パンフレットの写真の印象より建物がでかい！　このでかさでリハビリテーション病棟だけの病院、患者数が多いわけだ。

今度こそ絶対受付に見学の申し出をしてみると決めていたから、エントランスは少しもためらわずに入った。

入るとすぐ、壁のない広々としたリハビリテーションルームがあってリハビリテーションの様子が一望できた。患者たちはみんな紺のトレーニングウエアを着ていた。高齢者ばかりだが、仕事現役感のあるトドロッキーと同世代の人もちらほらいる。患者、スタッフの人数が多く活気が感じられる。

あれ？　なんか良い感じ。もうこの様子が見られただけでも十分だけど、せっかくなので中も見たい。近くに受付があって人がいた。だめモトで聞いてみた。

「あのう、ここの病院の入院を検討してるんですけど、病室の様子を見せてもらってもいいですか？　雰囲気だけ知りたいのでちょっと巡るだけでいいんですけど」

「見るだけでいいんですね。いいですよ」

あれれ。すんなりＯＫ。なんだ、下見ありなんじゃん。

受け取った入館証を首からぶら下げて今度こそ堂々と病室の階へ。廊下が絨毯で、これに温かみを感じた。館内はどこもオフホワイトとベージュと茶の三色が使われていて、病院らしさがあまりない。すれ違うスタッフも「こんにちは！」と声をかけてくれる。個室もあるけど二人部屋、四人部屋も多い。まあ高齢者ばかりなのは変わらないが、高齢者が集っているラウンジもリハビリテーションルーム同様壁やドアで仕切られているわけではなく、廊下の先に広く開けていて開放的。

スタッフの年齢層が二つ目に行った病院と同じくらい若くリハビリテーション現場での経験が浅いかもと感じた点は非常に気になったが、雰囲気がよく、半年いるならここかなと感じた。滅入らないでいられそうな感じがした。

もう一つ下見にリストアップしていた病院があるけれど、そこは最初に見たところと同じ、総合病院の一角にリハビリテーション病棟を抱えるタイプでリハビリテーション病棟自体は小規模、建物に古さがあることは分かっていた。

いいんじゃないかな、ここで。

そう思って残りの一つに行くのはやめた。

トドロッキーに下見の成果を説明した。

「いいよ、どこでも」

相変わらずの返事。君の決めたところでいい、と言う。

脳梗塞で判断力が低下しているからなのは分かるが、さすがに張り合いがない。こっちは三ヶ所一気に巡って疲れている。だから少し意地悪心が働いた。いいねだとか、そこにしようだとか、病院選択にトドロッキーの意思も入っている感じの賛同コメントが欲しい。だから誘導して言わせることにした。

「ここはぜんぜん雰囲気違うんだよ。病院っぽくないの。ほら。見て写真。気分変わると思う。そういうのがいいよね！」

「分かんないけど」

「半年もいるんだからできるだけ滅入らないところがいいんじゃないかと思うんだけど。どういうリハビリしてくれるかは分からないんだけどさ。だから雰囲気で決めるしかないじゃん？　いいと思わない？」

「いいんじゃない？」

まだ人ごとだ。もうひと押し。

「いいよね？　綺麗だし。どう思う？」

トドロッキー的には提供されるリハビリテーションの質が良ければいいんだとは思うが、その点に関してはやはりチラ見では分からない。でも高齢者に混じって仕事現役世代の人もチラホラいたこと、大きい病院だけにリハビリテーションルームに活気があったこと、理学療法士他リハビリテーションのスタッフの人数がダントツに多かったこと（これは壁にスタッフ紹介として全員の顔写真とプロフィールが貼ってあったのを見て分かった）、スタッフは若い人が多かったけれど研修も定期的にあるみたいだからひどいってことはないと思う、ということを伝えた。

「いいと思う」

よし言った。満足。

脳ってのはバカなんだそうだ。脳に思い込ませると脳はそう勘違いして本当に働き始めるというのだ。麻痺した肢体を何度も強制的に動かすリハビリテーションの方法もこの脳のバカさを利用している。強制的に動かされているのに、それを自分自身の動きと勘違いして同じように動かし始めるのだという。

スポーツ選手がよくやるイメトレもこの脳の勘違いを利用している。イメトレはリハビリテーションでももちろん有効で、理想の動きを強く思い描くことで実際の動きに繋がっていくこともあるらしい。

動く方の半身の動きを鏡で写して、動かない方の半身がさも動いているよう視覚で脳に錯覚させるというリハビリ方法もある。

だとすれば、トドロッキーの判断力低下にも応用ができるわけだ。実際はそうじゃなくても強制的に自分で判断したという感じの言葉を使っているうちに、自分は判断できる人間だって錯覚して判断能力が上がっていくようになるんじゃないだろうか。脳が活性化を始めるんじゃないかな。

勝手にそう解釈して、トドロッキーが判断を避けるような場面では極力「いいね」だとか「そうする」だとかの言葉を言ってもらうように仕向けていた。効果がなければただのおまじないだが、それでもいいのだ。万一、あずかり知らぬところでも何かしらの効果があったなら儲けものだもの。

老化に関してはこんなことが言われている。自分はもう歳だと思ってしまうとどんどん老け込んでいくし、若いと思い込めば若くいられると。

病は気からとも言う。

子どもは褒めて伸ばすってのも。

こうなってくると強い思い込みってのは体を変える薬の一つと言っていいんじゃないだろうか。しかも用途のめっちゃ広い万能薬だ。そもそも一回飲んだだけで効く飲み薬なんてない。薬ってのは飲み続けてジワジワ効いてくるもので、ならば思い込みも薬！

さっそく自分で治験してみることにした。

治療したいところといえば記憶力だ。

私は自分の記憶力の悪さに失望し、仕方ないと諦めて生きてきたんだけど、これも自分の思い込みで記憶力を封鎖してきたからかもしれない。自分は記憶力が悪くないと思い込むことにした。いや、弱いな、もっと強くだ。私は記憶力がいい！　めっちゃいい！　抜群の記憶力の持ち主だ！

さて、薬の効き目はいつ出てくるかな。

＊

潮風リハビリテーション病院のベッドの空き待ちに入ってすぐ、トドロッキーの六人部屋にある患者が運ばれて来た。その人は自ら体を動かすことがほとんどできず、言葉も発しなかった。この患者の様子を見に来た一倉医師が看護師を呼んで言った。

「まだ連絡つかないのか」

「つきません」

「まいったな。今、胃瘻《いろう》したら良くなるのに。家族のサインがないとできないんだから、なんとか連絡つけてくれ」

その後この患者に胃瘻の処置はされなかった。面会には誰も来ていなかったから、ご家族とは連絡がとれないままだったんじゃないだろうか。

私はそれまで考えてこなかった胃瘻について考えざるをえなくなった。トドロッキーがこの患者のようになったら、胃瘻するかどうかを私が判断しなければならないということだ。もちろんトドロッキーより先に私がこういう状態になるかもしれないんだから、お互いどうするかを話した。結局きっちりは決められなかったが、とりあえず意思確認ができなくなった場合は、元気な方が自分だったらこうしてほしいと思うことを相手にする、となった。ユルい決め方だけれど、これでちょっと気が楽になった。


「ここにいたら彼は殺される。転院します！　手続きさせて！　ここにいたら殺される！」

こんな女性の叫び声が聞こえてきたのは、私が院内の通路を歩いているときだった。

声はスタッフステーションから聞こえてきた。私がいた場所からは現場が見えなかったため、どんな人が叫んでいるのか、どんな状況なのかは分からないけれど、推測するに声の主は私よりも若い。二志野医師の声も聞こえて来た。二志野医師は落ち着いた声で転院する場合の手続きを説明していたが、女性は今すぐに転院したいことを叫び続けていた。

「彼が殺される！」

彼ってのはご主人だろうか。女性が若そうだからご主人もまだ若いのかな。トドロッキーと同じタイプの脳梗塞を発症した人なのか、または「次は左だな」のイカレ三河医師に不信感を抱いたのか、それとも別の理由があるのかは分からないけれど、叫んでいる女性と先日の私が重なった。あれはつい一〇日ほど前のことだ。

私は「ここにいたら殺される！」とは口にしなかったけど、そう思っていた。女性が訴えていることと私が転院したいと訴えたことは、口にした言葉が若干違うだけで内容は同じだ。

彼女の声から離れたくてすぐに踵《きびす》を返し、ふと考えた。

イカレ三河医師がこの病院にいなかったら、私はトドロッキーを転院させようと思わなかったのだろうか。感じの悪い看護師に点滴チェックミスをされなかったら？　いろんなことが私を不安にさせたし、引き続き不安は継続中だけど、三河医師やあの看護師を考慮しなかったとしても、入院しているのにどんどん麻痺が進行していく病気を、仕方ないと言われて納得するのは難しい。

潮風リハビリテーション病院のベッドの空き待ちに入って約一週間、入院してから約三週間が経った頃、トドロッキーは六人部屋から四人部屋に移った。ナースステーションから遠い病室で、つまり看護師が頻繁にチェックしに来なくてもいい容体の安定した患者が配置される病室だ。やっとだ。

同室の人たちはみんなトドロッキーと同じようにリハビリテーション病院のベッドの空き待ち状態だったり、まもなく退院できる人だったりで寝たきりの人はいなかった。重篤な患者に繋がっているベッドサイドモニターの電子音も聞こえてこないし、看護師やスタッフが吐く病院に対しての不満も聞こえてこない。嗚咽も聞こえてこないし、汚物の匂いもない。容体が安定したというお墨付きをもらったような気がして嬉しかったが、もっと早くここに来たかったと恨めしくもなった。

とにかく穏やかだ。なんて穏やかな病室。

トドロッキーも居心地が良くなったと喜んでいた。

ところがすぐに、イカレ三河医師がまた精神的安定を壊してくれた。

チェックのために行ったＭＲＩの結果について診察室に呼ばれ、トドロッキーと一緒に入るとイカレ三河医師がそこにいた。

もう何を言われても動じないぞ！　と気を張った。

三河医師は最新のトドロッキーのＭＲＩ画像をモニターに出して言った。

「ここに新しい梗塞ができています」

無理だった、動じないぞなんて。心臓が潰れそうになった。息が苦しい。

左脳にできた真っ白い梗塞部分はこれまでのＭＲＩ画像で何度も見た。三河医師が示しているのは対面の右脳の方。白くもやっとした部分が確かに出現していた。

トドロッキーは言葉を失っている。質問者は私しかいない。

「再発、ってことですか？」

何も尋ねず、ただ聞き流して終わりにしようと思っていたのに質問しないわけにはいかない。事態が事態だ。

「いや、これは再発ということではないです。今回の脳梗塞の続きというか余韻というか」

「どういう働きをする部分ですか、その白いもやのある部分は」

どんな麻痺が出るというの？

「体に何か変化はありましたか」

逆に聞かれた。

「いや、とくに」

トドロッキーが無言だったから私が答えた。だよね？　とトドロッキーを見るが、その表情からこの答えでいいようだった。

「今とくに変わったことがないんであれば、麻痺は何も出ない可能性はあります。体に影響の出ない脳梗塞もあるのでね。これからどうなっていくかは様子を見ていかないと。今は何とも言えないです。血がもう少し流れやすくなるように薬を増やします。ただね、あまり増やしてもね。増やすと今度は血管が破れやすくなってしまうので。実際薬の量が多いのが原因で脳出血になっちゃった人もいるのでね」

こう言いながら三河医師は笑った。脳梗塞再発防止のための薬で脳出血になるなんておかしな話でしょと、ニヤリとしてみせた。全然笑える話じゃない。

「薬の量は増やしますけど、そこまで増やしません。別の危険が増しますからね。あとは様子を見てですね。このままなら麻痺が出ない可能性もありますから」

薬の量に関してはこちらは知識がないため従うしかない。

「点滴をまたするんでしょうか」

「いや、必要ないですね。飲み薬だけです。あとはもう退院後に血圧上げないように塩分コントロールをしていくってことですね。でもね、なかなかこれも難しいですから。食べちゃうんですよ、どうしても。塩分をひかえるって家庭では難しいです。味がしないとおいしくないですからね。でしょ？　作るのも大変だ。毎日手をかけて作るって、それをずーっと続けなきゃならないんだけど、これがなかなかできるもんじゃない。でしょ？」

何でこの医師はこんな言い方をするんだろう。もう三河医師の話は聞きたくない。その後は質問を一切せず、はいはいと聞き流して診察室を出た。

新しい脳梗塞。

私もトドロッキーも、言葉なくベッドへ戻った。梗塞がこれ以上進まないでと祈るしかない。今、新たな麻痺を感じないのだから、梗塞がこれ以上進まなければいいのだ。もう勘弁してください、脳梗塞。

穏やかな四人部屋に移ってトドロッキーはベッドの上でリハビリテーションの自主トレを始めていた。やっと先が見えてきたってところだったのにこの事態。凪《なぎ》だと思った病室の空気が時化《しけ》となった。


その翌日のことだった。年配の看護師がトドロッキーのバイタルチェックをしながら、ベッドサイドにいた私にこんなことを言った。

「私の夫も脳梗塞したのよー」

「そうだったんですか！」

脳神経外科病院で働いているのはそのことと関係があるのだろうか。まさか亡くなってはないよね。

「今は退院して家にいるよー」

よかった。

「ずーっと家にいる」

ん？　仕事復帰できなかったのかな。それとももう引退してるんだろうか。年配の看護師だから夫が年齢的に引退してておかしくないが、言い方が気になる。

でも脳梗塞を発症したばかりのトドロッキーを前に語る経験談なら、うちの人も元気になったからあなたも大丈夫よ、ってことなんだよね？

するとだ。

「再発したのよー、脳梗塞」

返事に窮した。

イカレ三河医師から新たな脳梗塞ができたと言われたばかりのこのタイミングで聞きたくなかった。フツーに再発したよって感じだ。ゾッとした。

「全然リハビリしないから。もう何にもしないんだから」

看護師は愚痴を言っている。トドロッキーを励ますために言ったんじゃなく、愚痴を言いたかったってこと？

「あなた大丈夫よ。リハビリやってるんだから」

出た、やっとの大丈夫。しかもリハビリしてるから大丈夫って！　脳梗塞ってのは再発するものなのよねー、でもリハビリしてるんだから再発したって大丈夫よって話に聞こえる。

トドロッキーは最初はうんうんと聞いていたが、最後は聞き流してとくに反応もしなかった。

もちろん私も。

脳梗塞の広がりと再発が怖くて自分が敏感になってることは分かっている。実際再発する人は多いのだ。でもだからってトドロッキーが再発するってことにはならない。そういう話を聞いても人は人、統計はただの統計、参考にはするけれどトドロッキーはトドロッキーだと聞き流せるようになろう。とりあえず看護師の話は目障りなので、脳内の奥に追いやって蓋《ふた》をしておくことにした。

が、そうは言ってもやっぱりその夜、私は息苦しさがとれなくて寝つけなかった。

新たな脳梗塞のもやの出現から一週間後に再びＭＲＩ検査があった。この一週間は戦々恐々だった。トドロッキーの能力の何かがまた失くなっていくんじゃないかと思うと落ち着かなかった。そうじゃないことを祈りながら注視していたが、新たな麻痺が出た感じはなく、話し方だとか記憶力だとかの方にも変化は感じられなかった。

ＭＲＩ検査の結果を聞くために診察室に行くと、二志野医師がいた。

「変わりないですね。大丈夫ですよ」

白いもやとなって映っていた部分、どうなった？　ＭＲＩ画像を凝視する私。

「新しくできた脳梗塞の部分、どうですか？」

もちろん聞いた。

改めて画像をじっと見る二志野医師。前回のＭＲＩ画像と何度も見比べている。

どうなんでしょう？

医師はまだ見ている。

私も見る。なんだか今回のＭＲＩ画像には私の素人目では白いもやが確認できないんだけど。

二志野医師は言った。

「大丈夫そうだね。気にしなくていいと思います」

「梗塞が治ったってことですか？」

「んー。まあ、これを見る限り新たな脳梗塞はできてないと思いますよ」

じゃあ前回の白いもやってどういうこと？

まあいいや。もういい。なんかよく分からないけれど大丈夫そうだ。良かった。新たな脳梗塞は消えたってことだ！

だとしたら増やさなくていい薬をただ増やされたってことはない？

「薬、増えたままですか？　減らせるなら減らしたいんですけど」

薬を増やして脳出血が起きたって事例が脳裏をよぎる。

「薬はねえ、この量でやっていった方がいいと思います。多すぎる量じゃないのでね」

そうですか。あなたが言うならそれでいいか。信用します。

トドロッキーを見ると無表情。

何だったんだろう動揺していた一週間。またイカレ三河医師に気持ちを振り回されたのかと思うと、どっと疲れが出た。

そうは言っても、トドロッキーの体調はずっと低迷したまま。また脳梗塞ができたと言われたらやはりかと納得しちゃうくらい弱々しかった。トドロッキーがベッドで眠っていれば死んでるんじゃないかと思って肩のあたりを凝視する。かすかに上下していれば息をしていると分かってほっとした。

外に出ればときどき聞こえてくる救急車のサイレンの音にトドロッキーの緊急事態をイメージするようになって、いちいち体に緊張が走った。トドロッキーに何かがあっても既に入院中だから救急車が必要なわけではなく、サイレンなんて関係ないのだけれども、トドロッキーの入院する坂の上脳神経外科病院は頻繁に救急車がやってきて急患を運び込む。サイレンと、重篤な脳卒中の患者の様子は私の脳内で直結している。

いちいち体に走るやっかいな緊張はそのうち収まっていくとは思っていたが、実際に収まったのはその後二年以上経ってからだった。

この頃トドロッキーは見た目がぐっと老化した。モシャモシャ生えてた髪が一気に薄くなり、かつ白髪がどっと増えたからだ。右半分の顔の筋肉に張りがなくなったことで皮膚が垂れたのとあいまって、実年齢から一回りは加齢した。このことが知らず識らずのうちに私にも影響を及ぼしていた。

書類に私の年齢を書いていたときだった。

あれ？　私まだ若かったんだ、と気がついた。

トドロッキーの見た目の高齢化に引っ張られて自分の歳までも無意識のうちに一〇くらい足していたのだった。書類を書いて一〇若返った感覚に陥った。

そうか、バカな脳が勘違いしたのだ。トドロッキーが歳をとるってことは、私も歳をとるってことだもの。見た目で老化したトドロッキーを本当に老化したと勘違いした脳が、だったら自分も老化したんだと、さらに勘違いして思い込んじゃったんだと思う。

なんだあ人生まだまだあるじゃん、私！　そうだよなあ、次男もまだ小学生。無意識に老いてる場合じゃない。ちゃんと若いことを自覚しないとバカな脳が勘違いしたまま本当に私を老けさせかねない。

いかん！

記憶力と同様、強制的思い込みで治療だ。

私は若い。年を取らない。体はキレッキレに動くし疲れ知らず！

思い込みを強化するため綺麗な色の洋服も買った。

私はこれまで何かを始めるとき、形から入ることを絶対しなかった。そういうことになぜか反発したいところがあって、何か新しいスポーツを始めるとなってもそれ用のウエアをまず買うってことはしない。わざと別のスポーツ用のものを買って着たりしちゃうひねくれ者だ。

だけどもう、形から入るをやってみることにした。だって脳がバカだと知っちゃったから。形から入ることは、脳を錯覚させるにはものすごく手っ取り早い手段だもの。

実際綺麗な色の服は想像以上に即効薬だった。病院でこの洋服が鎧となって老化を阻止してくれた気がした。気がした、ってことが大切なのだ。

トドロッキーの発病で、私は息が苦しくなるのと同時に、心臓と思われるあたりがチクチク痛んだり、脇の近くに張りを感じたりすることもあり、明らかに体調に変化が出ていた。私まで倒れるわけにはいかないから一応調べてもらった。原因不明、とりあえず様子見との診断。ならば原因はストレスだろう。そう分かっても苦しさは一向に良くならない。

どうしようもないんだろうなあ、時間が経過すれば良くなっていくんだろうなあと考え、半分諦めていたが、半分は諦め切れず何か楽になる方法があると聞けば飛びついて試していたと思う。毎日面会に行っていたからガッツリどこかに出かけて、気分転換するのは現実的ではないし、行ったところで良くなるとも思えなかった。数時間、例えば映画を観に行くとか、買い物に出かけるとか、それも付け焼き刃。まったく楽しめない。

そんな中、やらなければならない作業が発生した。この作業は一ヶ月ほど続いた。振り返ってみれば、これがけっこう私のいい薬になったように思う。次第に体が楽になっていった。

作業とは、トドロッキーの仕事部屋の整理だった。

トドロッキーの仕事部屋は、ＤＶＤやＶＨＳの映像資料や書籍、記事掲載雑誌、映画パンフやら古いチラシやポスターなんかもたっぷりあって、本棚に入りきらないものが床やら出窓やらクローゼットに乱雑に積み上げられ、床が見えないどころか窓も開けるのが困難、ひどい状態になっていた。

足の踏み場がない。つまり片麻痺《かたまひ》のトドロッキーが家に帰って来ても、この状態では部屋に入ることができない。今帰って来たとしたら車椅子だが、ならば車椅子で動けるくらいの床を作らないとだ。

トドロッキーはできることとできないことがはっきりしているが、整理整頓はできない方の枠に入っている。面倒くさがってしないのではない。たぶん病名がつくくらいできない。そういうトドロッキーのできないことは私の担当なので、掃除人を何度も買って出たが、これはトドロッキー的にはNGで、私がものを動かすと資料の所在が分からなくなるという。

「ぐちゃぐちゃに見えるだろうけど、どこに何があるかは分かってるから」

整理されているのと同じだとへりくつをこね始める。

「雪崩《なだれ》起きてるじゃん！　いらない雑誌いっぱいあんじゃん！　いらない雑誌捨てたらかなり違うよ。捨てるからね！　捨てるだけで随分違うよ」

私基準で捨てるべき雑誌は大量にある。それがなくなるだけでも足の踏み場ができてましになるはずだが。

「いいんだけど、読んでないところあるから」

捨てる前に目を通さなければならないと言う。トドロッキーが通常営業していればそんな膨大な量の雑誌に目を通す時間なんてない。だから結局捨てられない。仕事部屋の空間は埋まって行く一方だ。

「床抜けるから！」

実のところ私は床が抜ける夢を見て何度もうなされている。床は本の重さにより相当しなっていて、本棚が今にも倒れてきそう。本格的になんとかしなきゃならない状態になってから数年が経つ。

ときどき、積み上がった雑誌と資料が崩れて手に負えなくなると、少しだけ諦めもつくようで若干の処分品が出てくるのだが、もうその規模を何度か繰り返したところで埒《らち》は明かない。仕事部屋を一度カラにして必要なものを厳選し、本棚に入れ直していくくらいの大鉈《おおなた》を振るう必要があった。

そこにトドロッキーの発病である。

いよいよ、そのときなのだった。

一方で、トドロッキーの発病後はそんな仕事部屋を見るたびどんよりした気分になった。本や資料の山をまたいでデスクまで行かなきゃパソコンが打てない、動線のないこの部屋は、まんまトドロッキーの梗塞した脳内のように思えたから。

「仕事部屋はあなたの頭の中だから片付けないとだめだから」

病室でトドロッキーに言った。

するとトドロッキーはあっさり認めた。

「俺もそう思う」

そうなんだ。この認識は一緒なんだ。なら話は早い。

「ガッツリ片付けるから。車椅子で入れるくらい広くしとかないと。ドッサリ捨てるから」

「うん」

あっさりOK。発病前ならありえない。

「もうあの資料は使わないかもしれないし」

仕事復帰できないかもってことを言ってるのか？　弱気発言にいちいち構っている暇はない、スルーだ。

「ものを五分の一にするから。捨てるからね！　床に置かれてるのと、本棚の上に乗っかってるのと、飛び出して刺さってるのと、クローゼットに積んであるのと、出窓に乗っかってるのと、VHSとかもいろいろ全部捨てるから」

あとでごちゃごちゃ言われるのは面倒だから、どの程度の片付けをやるつもりなのかをはっきりさせておく。

「残すのは本棚に入る分だけだから」

風通しのいい仕事部屋にするのだ。まだ執着するなら勝手にやる。どうせ入院中、手出しはできない。

「分かった」

お？　トドロッキーの返事に躊躇《ためら》いはなかった。

「でも残してもらいたいのもあるから、捨てるやつは一回聞いてくれるかな」

出た！　やっぱりだ。捨てる前に一度チェックさせてくれっていうのが片付け作業を阻む。負けないぞ。

「あんなに大量にあるのに無理だよ、いちいちお伺い立てるなんて絶対無理。まかせてもらわないと」

「仕事で絶対使うやつは残してもらいたいんだけど」

なんだ、復帰する気はちゃんとあるんじゃゃん。それが理由ならちょっとだけ考えてやってもいいか。

「結局あれもこれも残すってなったらだめだから」

「分かってる」

トドロッキーのチェックの手順はこのようにした。

私が書籍の背表紙を二〇冊くらいずつまとめて撮ってメールで送り、トドロッキーが残すタイトルを書き出して返信する。指示されたタイトル以外はためらわずに処分する。

トドロッキーは約束通り残す本を厳選した。処分本を結わえて部屋から出し、積み上げ、古本屋に回収に来てもらうを繰り返した。プリントされた資料も雑誌も書籍も映像資料もランダムに積み上がっているから、これをより分けるところから作業がスタートする。イメージしていたより遥かに手間のかかる作業だった。

でもそれより圧倒的に時間を取られたのは雑誌の処分だった。

トドロッキーが寄稿していない雑誌で資料価値のないものは迷わず捨てるが、寄稿した掲載雑誌には手間がかかった。

大変なのは寄稿記事を切り出すスクラップ作業だ。これは以前からやっていて、これをやらずに捨てるのはさすがに忍びない。やると決めたが対象雑誌が溜まりに溜まっていた。だいたいどのページに書いているかは見当がつくが一応漏れがないようページをめくっていってクレジット表記をチェックしていく。これに時間がかかって全然終わらない。

部屋の空間は超スローペースで徐々に広くなっていったが、重いものの運び出しのせいで同じペースで徐々に私の腰がやられていった。

床が床らしくなって床拭きができるようになったのは作業開始から約一ヶ月後。腰が悲鳴をあげ出したので、まだ整理したいものが残っていたけど、とりあえず目標としていた本棚に入る分量プラスαまで減ったのでフィニッシュとした。やり残した感じはあるがよしだ、ナイスファイト。ビフォーアフターでいけば雲泥の差、月とスッポン、美女と野獣。

この作業、進むにつれトドロッキーの脳内の血流が良くなっていく感じがした。このイメージが私の体調不良の元をちょっとずつほぐしてくれたんだと思う。すっきりした部屋を見て落ち着く感じがあった。トドロッキーの脳は大丈夫って不思議と思えた。

様変わりした仕事部屋は写真に撮ってトドロッキーに見せた。

「これで脳も大丈夫だから！」

「ありがとう」

トドロッキーが大切にしていた書籍を大量に捨てた。残念さはあっただろうけど、倉庫を借りて収容したとしても本人が取りに行けないんじゃ仕方ない。断捨離の時期だったのだと割り切ってもらうしかない。

これで仕事復帰の準備が整ったよ、とは言わなかったけれど写真で当然伝わっている。プレッシャーには感じてほしくないけれど、戻れる仕事場があるって思えるのは悪くないはずだ。

さて、仕事部屋の片付け作業は私の体調の薬となったわけだけれど、もう一つ別の効能があった。

面倒なスクラップ作業を何でせっせと私はしてるんだろうと幾度となく自問自答した。文章ならトドロッキーのＰＣの中に残っている。腰を痛めてまでやる必要なんかないんじゃないだろうかと。

実は私、トドロッキーのインタビュー音声を文字起こしはするけれど出来上がった原稿はあまり読まない。評論やレビューなんかもそうで、ときどきなんとなく読む程度。私の仕事もあるし家事もあるからトドロッキーの仕事に関しては必要外のことはしない。スクラップしながら興味を引かれた内容の記事をときどき読むことになるわけだけど、だからどれも初見。読めばやっぱりトドロッキーは文章を書く人なんだなということが分かる。もしトドロッキーの能力の中でただ一つだけ残せるとしたら何が残って欲しいかと問われれば、迷わず文章を書く力だと答える。あれ？　じゃあ私はトドロッキーのどこに惚れたのかな、と考えた。一番は多分文章を書くトコだってことに思い至った。

するとたんにトドロッキーに対しての気持ちがシンプルになった。書ける人でいて欲しい。それだけだ。長く一緒に生活してきたから不満を感じる場面もチョイチョイ出てきていたけれど、そこらへんのところがどうでもよくなった。書ける人でいてくれればそれで十分。これ、仕事部屋の片付け作業をやったからこその気づきだった。

＊

トドロッキーは発病時、太っていた。発症前、もし私がトドロッキーの介護者となったときにはその重さからいろいろ無理だなと思っていた。脚一本持ち上げることもできなさそうだったから。

痩せている人は床に横になれば骨が当たって痛いのだけど、太っている人に痛さはないらしく、トドロッキーは家の中の床にすぐごろりと横になった。太ったトドロッキーが床に横たわっていれば見た目は漁港のマグロ。とにかく重そうなのだった。

漁港のマグロ時代に言ったことがある。

「介護が必要になったときにまだその体重だと私、手に負えないからね。寝返りさせるのも無理だもん」

返事では、太っているこの体はかりそめで、ずっと太ったままなわけないだろ、みたいなことを言っていた。柔軟すればこの硬い体だって柔らかくなるんだからっていうのと同じ。ボケをかましたつもりだったのか分からないが、まだ本気出してないだけって言っちゃう子どもと一緒だ。

「介護が必要になっても移動するときは自分で歩いてもらうからね。車椅子に乗せるとか無理だから」

私はそんなことをけっこう言った。トドロッキーは覚えていないだろうけど。

それが、かりそめだという太った体型のまま脳梗塞にやられてしまった。

トドロッキーはばたりと倒れることなく、自分の足で病院に行き、自分の足でＭＲＩ室にも入り、自分の足で病室のベッドに行って、そこで麻痺を重くした。ベッドから車椅子にはかろうじて、自力で乗り移っている。誰もヘビーなトドロッキーを動かすための重労働をしなくて済んだことになる。これについてはあっぱれだ。

それでもときどきはトドロッキーの重たい体の部位を持つ。例えばリハビリを手伝うとき。動かない脚を持ち上げて動かすときは、やはりものすごく重たく、私の筋力的に何度もやってあげることは無理だ。ただ、体全体を使う動作を補佐するようなときはあまり重さを感じなかった。トドロッキーの動く方の左半身の筋力がしっかりあったからで、動かない方の右半身を自力で持ち上げたり動かしたりするための十分な力があったからだ。

もしかしたら片麻痺の場合、体の重さよりも、動く半身の筋力がどれくらいあるかがいろんな場面でのキーポイントになってくるんじゃないかと思う。筋力があればある程度自力でなんとかなるし、自力でいろいろなんとかなればリハビリテーションで試せることも増えてくる。であれば機能回復のスピードも少し早くなっていくはずで、筋力の落ちている高齢者のリハビリテーションに時間がかかるのも納得がいく。

筋力、大切。

入院生活中にトドロッキーの体重はどんどん落ちていったわけだけど、入院当初は太っていたことでグッズ面ではやはり支障が出た。

一つは車椅子。

病院にある車椅子の中で一番大きなサイズのものじゃないと座れなかったのだけど、数でいうとかなり希少。しっかりキープしておかないとどこかに紛れてしまったときに探し出すのが大変で、見当たらない場合は別のビッグサイズを探し出すためあちこち院内を巡らなければならなかった。

ただこのおかげで私は病院の隅々まで巡ることになり、どんな備品がどこにあるかを把握するに至って、いちいち病院のスタッフに頼まなくても自分で取りに行けるようになった。

例えば、足湯用のオケ。トドロッキーの麻痺足がほとんど死にかけみたいに冷たかったため足湯をしようと考えたとき、そういえば大きなオケが物置みたいな部屋にあったと思い出した。使わせてもらお！ と断りなく勝手に持ち出して足湯してみたらばジャストサイズ。毎日持ち出して使うようになった。もちろんちゃんと綺麗に洗って戻しておいたが。

看護師たちは私が勝手に持ち出しているのを知っているけれど忙しいから何も言わない。「気持ち良さそうねー」と声をかけてくれるくらいだ。勝手な使用が看護師の手を煩わせない点、むしろ喜ばれていた感じもあったから、ほかにもいろいろ自由に備品を持ち出し、使わせてもらった。

院内を巡れば病室のドアはどこも解放されているから、いろんな症状の人を目にせざるを得ない。そうして日々、脳の病気の残酷さもかなり勉強させられた。

「助けて～、助けて～」とベッドから声をあげている七〇歳代くらいの女性がいた。最初その声を耳にしたとき、驚いて立ち止まり様子を伺った。寝たきりの患者であることは一目で分かる。付き添いもいないし近くに看護師もいない。

どうしよう。

何で助けを求めているのかとじっと見てみれば、視線を宙に浮かせ、うわ言みたいに「助けて～」を繰り返している。

しばらくそのあたりをうろついて彼女の様子を伺ってみた。「助けて～」はコンスタントに続いていて、小さな声になったり、大きくなったり。症状の一つのようだった。

その後、トドロッキーの入院中幾度となく彼女の病室の前を通ったが、「助けて～」は続いていた。ご家族が来ているときもあったが、ご家族は彼女のそんな様子を見守っていた。

彼女がどういう気持ちでいるのか、無意識で言っているのか、そうではないのか、想像すればするほど気の毒だしトドロッキーがこうならないとも限らない。トドロッキーがこんな感じになったなら私はどうしていいか分からない。だから深く考えないようにした。トドロッキーはトドロッキーで、彼女は彼女、もっと言えば私は私。別の人生を生きている。トドロッキーの発病で、自然とそんなふうに切り離して考えるようになった。体が持たないから。

後日、二年ほど経った頃だったろうか。「助けて〜」の彼女と再会した。ある病院の待合室で、「助けて〜、助けて〜」と穏やかにかつコンスタントに助けを求める声が聞こえて来て、すぐ彼女だと分かり声の近くへ行ってみた。車椅子に乗っていて、女性が付き添っていた。

「助けて〜、助けて〜」

無配慮な言い方だが、傍観者でしかない私には歌を歌ってるみたいに聞こえた。入院していた頃より体調は良さそうだった。

話を戻す。

トドロッキーが太っていたことで支障が出たグッズのもう一つが血圧計である。血圧がちゃんと測れなかったのだ。

バイタルチェックのたびに血圧の数値が大きく変わる。安定せずに危険水域を行ったり来たりすることにずっと不安を抱いていたけれど、あるとき看護師がこんなことを言った。

「血圧計が変わると数値も変わるのよね」

入院から四週間目のことだった。衝撃的だった。私はいらぬ心配をしていたのか？

そういえばトドロッキーは確かにいろんなタイプの血圧計で測られていたのだ。腕が太すぎて看護師がいつも持ち歩いている血圧計ではサイズが合わなかった。そのまま無理やり測る看護師もいれば、別のタイプのものを探してきて測り直してくれる看護師もいた。ストックにはいくつか種類があるようで、結果トドロッキーを測る血圧計はバラエティに富んでいた。

マイ血圧計を持ち込んでいる入院患者がいたため、真似て速攻血圧計を買うことにした。トドロッキーの腕のサイズを測り、いざ電機店へ。

売り場にはずらりと多様な商品群。値段もピンキリだ。だが買うべき商品はすぐに見つかった。トドロッキーサイズの腕の血圧を測れる血圧計は数点。その中で、トドロッキーが一人で測れるタイプのものは一点しかなかった。動く方の左腕を筒の中に入れ（いわゆるアームイン方式）、その左腕でボタン操作できるタイプとなると一番上等なやつだった。痛い出費だが仕方ない。

かくして上等な血圧計は私からの誕生日プレゼントとしてトドロッキーに贈られた。誕生日だったわけでもなく日にちが近かったわけでもないけれど、上等なやつだからそういうことにした。デカさだ。スポーツ施設などでロビーの片隅に置かれたりしているデカさだ。ベッドサイドのテーブルに置けばそのスペースのほとんどを占領してしまう。そんな血圧計を病院に持ち込んでいる患者はほかに見ない。看護師が持ち歩いている血圧計よりもずっと立派。

サイドテーブルにセットしたその日からトドロッキーは一人

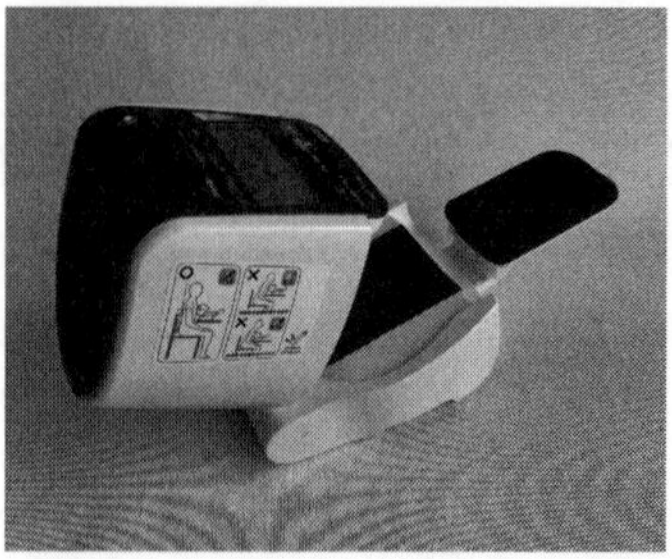

入院中のベッドサイドに置いていた血圧計は、今でも活躍中

で毎日幾度となく血圧チェックをするようになった。すると看護師の言った通り、データにばらつきがなくなった。なんだ、血圧は安定していたのだ。安心した。こんなことならもっと早く買ってくるんだった。

看護師たちの中には「私も測らせてー」とときどき自分の血圧を測りにくる人も出てきて、トドロッキーのサイドテーブルはちょっとしたスポットとなった。

この病院にいた看護師の多くはちゃんとした看護師である。点滴事件の看護師や、重篤な患者の病室で病院に対しての不満を言ったり、患者にひどい声かけをする人もいるけれど少数。いること自体が問題だが、嫌がらず摘便してくれた看護師みたいにやっぱり多くのみなさんは頼れる看護師だ。

トドロッキーはいつのまにかそういう看護師たちと仲良くなっていた。インタビュアーとして若い人とも話し慣れているトドロッキーは看護師にとって接しやすい存在だったのかもしれないし、血圧計がスポット化したことでちょっとした休憩所になっていたのかもしれない。

面白かったのはバイタルチェックの際に、その立派な血圧計を横目に看護師たちは相変わらずいろいろなタイプの病院の血圧計でトドロッキーの血圧を測り続けたこと。もちろん看護師が記入する数値も日々揺れ続けたのだった。

*

「分かる〜」

女子のコミュニケーションにおいてこの言葉はとっても便利。男性だと「そうそう」だとか「それな！」とかになるんだろうか。コミュニケーションをスムーズにする魔力を持っている。話し相手に、共感できる部分をちょっとでも見つけたときに発動すればよく、非常にお手軽。出会ったばかりの相手ならなおさら有効だ。

「分かる〜」は「私もあなたと同じ感覚で生きてますよ」ではなく、「私はあなたを理解しようとしてますよ」という表明だ。前提として、人はみんな、自分と同じ思考や感覚、経験を持ってる人なんかいないと思っているってことだ。だから部分的にでも共感できる人と出会えると嬉しくなる。

お互い知った仲であれば「分かる〜」は安心材料、言ってもらうことで動揺が収まったりもして、やっぱりかなり使える言葉。

この「分かる〜」をトドロッキーにも言ってあげたいところだけれど、トドロッキーの片麻痺トークにはさすがに使えない。「分かる〜」がそぐわない重さが残念ながら片麻痺にはある。

トドロッキーは日々体調が変わる。いいときがあるわけでもないのだが、日によって麻痺の脚がひどく重かったり、筋肉の緊張が大きかったり、息苦しかったり、しゃべりづらかったり、声がこもっている感覚があったり、麻痺側の背中の筋肉、腹の筋肉、内臓の筋肉の違和感だとか、胃腸の調子だとか、ほかにもあれこれ。

私が病院に面会に行けば、本日の自分の体調についてけっこう語る。自分の今の体の状態がどんな感じかを一生懸命伝えようとする。

聞いてはいるが、言っていることが繊細すぎるため、はっきり言ってよく分からない。だいたいは「へー」とか「ふーん」とか、聞いてますよということで相槌を打つ。

いちいち理屈で考えたいトドロッキーは、なぜ自分の体がこうなってるのかなと問いかけてくることもあって、天気が悪いからそのせいかなとか、気圧の変化で体調も変わるのかもねとかテキトーなことを思いつくままに言う。思いつかないときはしょうがない、「何でだろうね〜」と流したりする。

自分のことを考えれば、病気でなくても日々気分に揺れはある。体調だっていろいろだ。トドロッキーは脳梗塞で慣れない片麻痺の体だから振れ幅が大きいのだろうってことは分かる。だから今日はそういう日なんだと受け止めるしかないんじゃないかと思う。だけどトドロッキーはそれでは納得しない。おかしいおかしい、昨日はこうだったのに今日はこうだ、と訴えを続けてゆく。

トドロッキーも素人の私から答えが欲しかったわけじゃない。自分のアンバランスな体と向き合うのは至難だったんだろうと思う。話をして気が紛れるならいくらでも聞くが、分かって欲しいって空気をグイグイ出し始めたときには、いやいや、イメージはするけれど、ちゃんとは分からないよ、だって私はその病気をしたことがないからって態度が出るようになったようで、するとトドロッキーは、こんな断りを入れて体調を説明するようになった。

「君には分かんないだろうけど」

あるとき、またこれを言われて私はついに文句をこぼした。

「いちいちそうやって言わないでよ」

そんなに不満を抱えていた自覚はなかったのだが、口から次々文句がこぼれてきた。

「分かるわけないじゃん、私、その病気してないんだから。見てるだけだもん。こういうことなのかなって考えはするけど、分からないものは分からない。分かったふりだってして欲しくないでしょ。しないけど。体の微妙な変化とか、気持ちのことだとか、あなたが伝えたいことを完璧に理解するなんてできないでしょ」

「分かってるよ」

「分かってるよね」

「ちょっとでも分かって欲しくて言ってるんだから」

「聞いてるじゃん。君には分かんないだろうけど、っていちいち言うのはやめてくれないかな。分かんないいんだから。分かんないけど聞いてるじゃん。すごく嫌、『君には分かんないだろうけど』って言われるの」

トドロッキーは何か反論したそうだけど、頭の回転がにぶくなってるからすぐには言葉が出てこない。

こっちのブツブツは止まらなくなっていて、立て続けに放つ。

「あなただって私のこと分かんないじゃん。私があなたのことを分からないのと同じで、あなただって私がどういう気持ちでいるか、どういう体調でいるか分からないでしょ」

「君が何も言わないから」

「言わないよ。受け止められないと思うから何も言わない。言ったところで私の立場の辛さなんか、あなたには分からない。分かんないのはお互い様だから。それ前提で伝えるんだから、いちいち『君には分かんないだろうけど』って言われるのは腹立つ。私、あなたにいちいち『あなたには分かんないだろうけど』って言わないじゃん」

トドロッキーが入院してから私が何か文句を言うっていうのはなかったし、言いたい文句もないと思ってはいたけれど、心の奥に潜んでいたようだ。

思考が回らないようだから具体的に要求を言う。

「『君には分かんないだろうけど』は、もう言わないで」

ただそれだけのことだ。

トドロッキーは分かったと言った後に付け足してきた。

「でも言っちゃうかも」

子どもかよ。

まあいいか。分からないで言ってるのよりは、分かってるんだけどついつい言っちゃった、なら寛大になれそうだ。

この話はこれで終わった。トドロッキーが入院して初めての言い合いはこんなだった。病室にはトドロッキーしかいないときだったから、小声ながら気兼ねなく言いたいことを言った。

なんだかちょっとスッキリした。

この後、やはりトドロッキーは宣言通り「君には分かんないだろうけど」をけっこう言った。

二回に一回は聞き流すけど、やっぱりだめだ、こっちも言いたいから言う。

「だからそれは言わないでって言ったじゃん！　私が分かるって言ったって、分かんないくせにって思うでしょ。この辛さは当事者しか分かんないんだって思ってるでしょ。私が分かるわけないじゃん！　お互い本当のところは分かんないのを前提に話してるんだから、君には分かんないだろうけどって言わなくていいから！」

トドロッキーにはこの私の反論がどう響いてるのか分からないけれど、私としてはこれが言えている状態はありがたい。実はもうどうでもいいことなのだが、こんなことも言えなくなってくると、きっとお互いけっこう辛いと思うのだ。

*

やっと転院できるとなったのはベッドの空き待ちに入ってから二週間をちょっと過ぎたあたりのことだった。潮風リハビリテーション病院のソーシャルワーカーと直接連絡をとって下見の日時を決め、下見と家族面談を経てようやく転院となった。前述したように二週間で退院するつもりだった坂の上脳神経外科病院には結局、滞在計五週間となった。

イカレ三河医師からその後新たな爆弾を投下されることはなかったけれど、トドロッキーは三河医師と顔を合わせるたびにに滅入ったらしい。

「俺がリハビリしてるときに三河先生が通りかかると立ち止まってしばらく見てるんだよね。ニヤついて見てるんだよなあ」

そして、何を言うわけでもなく去って行くという。

三河医師を知らなければ、きっとこう言う。被害妄想じゃない？　ニヤついているんじゃなくて応援する気持ちで見てるんじゃないの？　と。でも私は三河医師を知っている。トドロッキーの言う通り、ニヤつくという笑いを彼はする。何なんだろう、彼。

最後の二週間は穏やかな四人部屋に移ったけれど、本当に一日でも早くこの病院から出たかった。

転院の当日、私は朝からウキウキしていた。やっと出られる！　やっと出られる！

ついに病院を出て、介護タクシーに乗り込み、病院が視界から消えたあたりで私はあまりの開放感に叫びそうになった。暗い地下牢から脱出した気分。心では拳を突き上げていた。

トドロッキーに確認すれば、嬉しいよとは言っていたが、表情にはほとんど出ていなかった。喜怒哀楽の表情の変化が乏しくなっていた。顔面の右半分が麻痺していることもあるけれど、抗うつ剤の副作用かなとも感じた。

第3章

リハビリ合宿生活の試行錯誤

〜夫は左手のピースで綴り始める

潮風リハビリテーション病院で案内された病室は広い二人部屋だった。

二人部屋といってもお隣さんとは壁のようなカーテンでキッチリ仕切られている。壁の一つがカーテンになっている個室と言っていい。各種引き出しや扉が並ぶ素敵なクローゼットが備えられている。一人で使える鏡の大きな洗面台、小さいながら一人用ソファもテーブルもあった。開閉はできないけれど大きくて鉄格子のない窓も！

牢屋から脱出したばかりだったから余計、ここはどこぞのホテルかってくらいの格差を感じた。

待て待て。予約してたのは四人部屋だが、どういうこと？

「ご希望されていた四人部屋に現在空きがないため、空きが出るまでこちらをご利用ください。差額ベッド代が発生する部屋になりますが、こちらの都合でご案内させていただいてますので、ご希望の四人部屋の利用額を適用させていただきます。よろしいでしょうか。差額ベッド代をお支払いされて入っている患者さんがいる手前、内密にお願いしたいのですが」

看護師が言う。

よろしいも何も、くじを当てた気分でございます！

このシステム、やっぱりほらホテルと一緒だ。いやその前に何、この丁寧な説明。説明してくれたのは看護師だ。ずいぶん違うんですけど、さっきまでの牢屋と。

「すごいね、ここ！」

看護師が去った後、すっかりこの病室が気に入った私は大興奮でトドロッキーに言った。トドロッキーはうん、と相槌を打つだけでほとんど表情が変わらない。発病前はちゃんと表情豊かだった。

こっちはもっと反応が欲しいから、うざいくらい突っ込んで聞くことに。

「嬉しい？　私は嬉しい！　ここ落ち着く！　落ち着く？　病院っぽくないよね。ここにしてよかったと思わない？」

「まあね」

「ほら、テレビもずいぶん立派。へえ、お湯も出るよ。見晴らしもいいね。こんだけスペースあればここで髪切れるね。この部屋にいるうちにバリカン持って来るよ」

「うん」

「何か心配事ある？」

「リハビリがいいならいいんだけど」

「そうなんだけど、部屋は？　すっごくいい部屋じゃん。やったね！　ね？」

「まあね」

限界か、勘弁してやろう。

私は嬉しさが毛穴すべてから出ちゃってたと思う。だってきっとここなら無駄に滅入ることもなさそうだ。トドロッキーが良くなる感じがした。気持ちが上がればリハビリ効果もきっと上がる。

次にやってきたのは医師。主治医となる医師は休みだからと別の医師がやってきて、簡単に医療体制について説明し、トドロッキーの状態をチェックしていった。

トドロッキーの主治医となる四隅医師は脳神経外科医だ。実は潮風リハビリテーション病院には専門のリハビリテーション科医が一人もいない。事前に分かっていたことだが、知ったときには驚いた。そもそもリハビリテーション科医の人数が全国的に非常に少ないらしく、リハビリテーション医のいないリハビリテーション病棟は珍しくないらしい。

ただトドロッキーの主治医が脳神経外科医なのはありがたかった。トドロッキーにとって一番恐ろしいのが脳梗塞の再発であって、再発のないよう引き続き専門医に注視してもらえるのは安心だ。リハビリテーションの専門家は理学療法士ほか、この病院には大勢いるのだから。

医師と看護師からはそれぞれ、家族から見てトドロッキーの性格に変化があったかどうかを何度も聞かれた。

「怒りっぽくなったとか、ないですか?」

看護する側にはものすごく大切なことかも。

どうなのかな。逡巡した。

確かに発病前よりはイライラしているなと感じる場面は多くなった。かといって私に当たることはなかったし、看護師に対してもイラついた態度を見せる素振《そぶ》りはなかったと思う。それに、これまでいたのがあの牢屋だ。発病してなくてもあの牢屋にいれば性格が荒れるように思う。牢屋にいたことを考えたら、あれくらいのイライラで収まっていたのは相当の忍耐力があったと言ってもいい。

人に当たり散らすことがあったなら、怒りっぽくなったと申告するところだけど、そうじゃないため、やはり怒りっぽさに変化は感じない、と伝えた。

理学療法士は最後にやってきた。トドロッキーをベッドに寝かせて、体のあちこちを曲げ伸ばしして麻痺の状態をチェックしていった。

トドロッキーはそのチェックの仕方、アドバイスに十分な経験値を見たようで、この病院のリハビリテーションを信用できたみたいだった。何よりだ。

牢屋の理学療法士は熱心な人だったけど若くて少し経験が浅かった。いろいろ調べてきてくれたり、スタッフ間で相談したりしてトドロッキーのリハビリについて一生懸命考えてくれた人だったが、彼とは持ってるスキルが違うのが私の目からも分かった。

あとで分かったことだが、このときトドロッキーを診てくれた理学療法士は病院外での研究会にも個人で積極的に参加している勉強熱心な人だった。スキルは同じ病院内でも人によって大きく違うことをこの後実感することになるのだけれど、それを踏まえてもなお、リハビリテーションに関しての環境が格段に良くなったことがとても嬉しかった。

看護師と、トドロッキーがどの程度身の回りのことを一人でできるのかの情報共有をする時間が設けられた。トドロッキーはほぼ一人でやれる。ベッドから一人で車椅子に乗り込み、左手足で動かしてトイレに行き、ズボンを脱いで用をたしてズボンを上げベッドに戻るまでをトドロッキーは看護師と私の前でデモンストレーションした。人に見られながら放尿するって、きっと毎回個室に入る女性より男性の方が若干抵抗感は少ないのかもな、私が患者だとして看護師が男性だったとしたら最高に嫌だなとか考えながら眺めていた。

「大丈夫ですね」

看護師はそう言った後、当たり前のように付け足した。

「トイレに行くときも、車椅子で動く際は見守りしますのでナースコールで呼んでください」

やれてるのに？　今見たじゃん？

「いいです、できるんで」

トドロッキーが言った。

「でもしばらくは様子を見たいので」

ここはトドロッキーの矜持《きょうじ》のため私も援軍に出た。

「前の病院でもずっと一人で動いてたんです。見守りなしでずっとやれてたので大丈夫だと思います」

ここで看護師はえっ！　と驚いた顔を見せた。その表情で、急性期病院で片麻痺《かたまひ》になりたての患者が車椅子で一人で移動しているのを野放し、っていうのがあんまりないことなんだなと理解した。

「転倒の危険のあるうちは見守りはしますね。理学療法士のチェックを何度か受けてもらってOKが出たら、見守りが外れるので、それまではナースコールしてください」

そういうルールが存在していて、この病院ではみんながちゃんと守らなければならないようだった。

「早く見守りを外せるように申し伝えておきますね」

ほー、システマチック。

「車椅子に乗るときってていうと、洗面所もですか？」

私はすぐそこ、三歩先にある病室内の洗面所を見て聞いた。病室内にあってベッドからは私なら三歩で行けるけど、トドロッキーがそこへ行くにはいちいち車椅子を使わないとだ。

呼んでください」

「へー。分かりました。トドロッキーも反論はないようだ。ただこの目の前の洗面所に行くのにトドロッキーはナースコールしないだろうとは想像できたし、案の定この病室内では看護師の目がないのをいいことに自由に動いていていた。

看護師から説明を受けた後、トイレに行くのにナースコールしてみれば、看護師は早歩きですぐにやってきた。この早さ！　しかも笑顔！　あの牢屋では考えられないことでこの日私が一番感動した出来事だった。もしかしてものすごく当たり前のことなのかもしれないけど、本当に本当に感動した。安心感がすごい！

思い返せば、牢屋で車椅子を使用するようになった日、看護師は言ったのだ。

「車椅子で移動するときは呼んでください」

言われた通りにしたけれど、とにかく看護師が忙しい病院だ。ナースコールしても来てくれるのは一〇分以上あと。複数回コールは必須。これではトイレに行きたくなってからのナースコールでは間に合わない。トドロッキーは麻痺で右側の内臓を動かす筋肉も動かなくなったため、もよおしてから我慢できる時間が極端に短くなった。だからそんなには待ってはいられないし、もし漏らそうものならおしめを充てがわれるのがオチ。トドロッキーは早々に一人で行動し始めたのだった。

もちろん初期の頃の単独行動は非常に危なっかしかった。動く半身で動かない半身と共に移動するなんてどう動けばいいか分からない。ベッドから車椅子に乗り移るのが一番危険なチャレンジだった。

でも振り返れば気ままに動けたという点ではトドロッキー的にはとてもよかった。そもそもトドロッキーは一人で自由に行動したい人だ。どこにも所属しないで一人で仕事をやってきた理由もこの性分にある。

ここの病院はちゃんとしてる。お互いルールを守りましょう、例外は認めませんっていう優等生さがあった。私としては見守りシステムは安心だけれど、ただトイレに行きたいだけなのに、一人で行けるのに、ルールだからいちいち人を呼ばなきゃならないって辛さはトドロッキーには相当のようで、やがて大きなストレスを抱えるようになった。

病院が患者の単独行動に慎重なのは、万一の転倒が、咄嗟《とっさ》に手を出せない麻痺者だと骨折に直結するからだ。

トドロッキーが入った二人部屋の、カーテンの向こうにいた片麻痺のお隣さんは麻痺側の腕を骨折していた。

麻痺側の腕を骨折しているということは、発症時後に転倒し、咄嗟に腕が出せなくて骨折したんじゃないかと推測する。リハビリテーションルームでの彼は、ギプスをしていない方の手でバーを握り歩く練習をしていた。リハビリの効果が高いとされる発病後半年の入院期間に麻痺側の手を動かせないなんて、かなり辛い事態だ。

トドロッキーが転倒して骨折するとすれば、彼と同じ麻痺側だ。せっかくリハビリに前向きなのに骨折する事態となればいたたまれない。何としても避けたいし、だからこその防止策を看護師が見守るという形で病院が講じてくれているわけだ。

それでも事故はある。数ヶ月後のことだがトドロッキーの入院中、隣の病室の患者がベッドから落ちて腕を骨折し、別の病院に運ばれ手術を受けたそうだ。

ちなみにその患者を私は「痛いぃの人」と呼んでいた。彼女は「痛いぃ」をリピートし続ける人だった。前の坂の上脳神経外科病院にいた「助けて～」の人とほぼ同じ。高齢女性でほとんど寝たきり。「痛いぃ」が始まるとほぼエンドレス。叫ぶでもなく、つぶやくでもなく、周囲にある程度聞こえる音量で、「い」に程よいビブラートを効かせて、たまにフォルテシモな力強さの「痛いー」を挟みつつリピートし続ける。「痛いぃ」はやがてフェードアウトで終わるため、多分眠くなったときが終わりなんだろう。

「痛いぃの人」が骨折したと聞いて、トドロッキーに聞いた。

「転ぶの怖い？」

気をつけて、という意味で。

「怖いよ」

気をつけてるよ、という意味の答えが返って来た。

これだけ転倒事故に気を配っている病院でもやっぱり事故は起こる。麻痺を抱えていることはそれほど危険と隣合わせってことだ。

＊

トドロッキーが転院した潮風リハビリテーション病院は「回復期リハビリテーション病棟」で、「理学療法士」「作業療法士」「言語聴覚士」のみなさんから「回復期リハビリテーション」を受けることができる。

理学療法士は、寝返る、起き上がる、立ち上がる、歩く、などの基本動作の機能回復をサポートする動作の専門家。

作業療法士は、入浴や食事、洗濯ものを畳んだり、ものを整理したり動かしたりといった作業活動の機能回復をサポートする専門家。

言語聴覚士は言語や聴覚などの障害から、飲み込み、噛むといった摂食・嚥下などの機能回復をサポートする専門家。

もっとざっくり括ると、理学療法士は脚、作業療法士は手、言語療法士は頭、ないし顔だ。

ちなみに前の坂の上脳神経外科では理学療法士と作業療法士がいたが、言語聴覚士はおらず、作業療法士が兼ねていた。

潮風リハビリテーション病院では一日合計三時間、マンツーマンでのリハビリテーションが受けられる。基本的には午前一回午後二回の三回各一時間、それぞれを理学療法士、作業療法士、言語聴覚士のうちの誰かが担当してくれる。

リハビリテーションのプログラムは各人ごとに組まれるオーダーメイドだ。転院してから約一週間後、トドロッキーバージョンのリハビリテーションプログラムを作成するための会議が持たれた。布陣は主治医の四隅医師はじめ担当の看護師、理学療法士らリハビリ現場スタッフとトドロッキー、そして家族つまり私。

スタッフ側が確認するのは、トドロッキーのリハビリテーションの目標。退院後どういう生活を想定しているか、そのためにどういう動きを取り戻したいのかを具体的に聞かれた。

トドロッキーの目標は発病直後と変わらない。

「仕事復帰しようと思っています」

トドロッキーが言った。

具体的には私がフォローした。トドロッキーは状況を説明する力が低下している。

「仕事は文筆業で映画評論家です。原稿を書くのは自宅で、パソコンを使っています。映画評を書くときは試写会場に出かけて行って映画を観ます。撮影現場に出向いて取材することもあります。ホテルの一室や映画会社の会議室なんかで出演者や監督やスタッフにインタビューすることもありますし、映画イベントの壇上でお客さんの前で話すこともあります。だから希望は、取材先まで一人で歩いていけること、インタビューに支障のないように聞き取りやすい滑舌になること、パソコンのキーが両手の指で打てるようになることです」

けっこう高望みの要望を言ってると思うが、退院後どういう生活をしたいかといえば、今までやってきた仕事を続けていくことで、つまりはこういうことになる。

トドロッキーの現状はというと、発病二週間をすぎた頃からダラリと垂れていた麻痺側の右の手足に痙縮《けいしゅく》が出てきて、それは進んでいた。とくに腕の痙縮がひどい。肘や手首、指の関節が曲がったまま固まっている状態。筋肉の緊張が高まっておこる。手のひらは天を向き、軽く握ったグーの形。足は指が痙縮している。丸まっている状態なので、それでなくても歩けないのに指の丸まりでさらに歩きにくい。不思議と寝起きはすべての痙縮がとれてだらりとしているが、ひとたび起きればどこもピキン！　と痙縮を始める。

痙縮を伸ばすにはマッサージして筋肉をリラックスさせていく方法があるのだけれど、ゆるいグーの形で固まっている指をテニスボールが入るくらい広げるのに二〇分くらいのマッサージが必要だ。マッサージし続けて少し開いていても、何かの拍子にすぐに元どおりの曲がった状態に戻ってしまう。

腕全体だと肩を支点に少しだけ上がる。脚は股関節を支点に、少しだけ足先を前に出せる。でも膝はまったく上がらないし曲がらない。足首はだらりとして固定しないから、足を前に運ぶときに指先あたりが地面にひっかかる。

滑舌は、ときどき聞き取りづらい。さ行、ら行がうまく言えなくなったのが大きい。口の動きが鈍いためしゃべりのスピードが落ち、ゆっくりとしたテンポになった。声量も落ち、高齢者みたいなかすれ声になった。本人はしきりに「口笛が吹けなくなった」と言うが、唇のコントロールができないらしい。

単語が出づらくなった件は相変わらず。何だっけと会話がときどき止まる。

体幹、体のバランスが悪くなったため、座っている姿勢を保つのが難しい。

大きくはそんな感じ。

それでも半年入院してリハビリすればなんとか杖で歩けるようにはなると、いろんな人から聞いている。滑舌もかなり改善するらしいが、手、指はそれほど動かないらしい。

右手でパソコンのキーを打てるようになるのは非常に難しいだろうし、そこは無理ですと言われるかなと思った。最悪左手だけでもキーは打てるわけだから、十分仕事復帰はできるはず。

もちろん前みたいなペースでとは思ってない。スローペースでいい、ほんのちょっとの文章量でも仕事として書けたらいい。少しでも仕事復帰ができれば、それ自体がリハビリとなってさらに良くなっていくんじゃないかと思っている。

主治医の四隅医師は否定的なことは言わなかった。こちらの希望をそのまま目標として、リハビリテーションのプログラムを考えることを約束してくれた。

「入院中は月に一回ミーティングをしていきます。様子を見てそのつど計画を調整していきましょう。まずはこの目標に沿うよう計画を立てていきます」

と四隅医師。トドロッキーも納得の表情。

みなさまよろしくお願いします！

この会議から各手・足・顔・担当の現場リハビリスタッフがそれぞれプログラムを考え組み立ててくれるわけだけど、入院生活では食事や入浴、着替えもトイレも歯磨きもすべての行動をリハビリと捉えて必要に応じサポートもしてくれる。入院期間中に退院後の生活で必要となってくる動作全部をここでトレーニングしていってくださいよ、ってことだ。

リハビリテーション病院はあくまで病院なので、医師も看護師も薬剤師も栄養士もいるから体調管理も万全。万一の体調の変化にもすぐに対応してもらえる安心感の中でリハビリに取り組める。

退院が近くなれば家庭生活にスムーズに移行できるよう、理学療法士や作業療法士が患者と一緒に一時帰宅し、住居環境を確認してくれる。必要なバリアフリーについてのアドバイスも。さらに家の構造に合わせたトレーニングが必要とあればそのシミュレーションを行い、例えば風呂場のつくりに対応できるような動作手順を検討したり風呂釜に入れるようにと、いろいろ対策を講じてくれるのだ。

とにかく手厚い。

トップレベルのアスリートかってくらいのサポート体制に思えた。合宿形式でさまざまな専門家チームがさらに磨きをかけていくあれだ。もしくは平凡な女の子を様々なプロ集団が磨きあげてトップアイドルにしていく養成所的な。または凄腕スナイパーを育成する、国家がその存在をひた隠す秘密組織……とか?

一ヶ月を過ぎたあたりで、トドロッキーの足型を取って作られたオーダーメイドの短下肢装具《たんかしそうぐ》もできあがってきた。

足首を固定して蹴り出しやすくする装具で、装着すればかなり歩きやすい。

それまでは借り物の短下肢装具を装着していたけれど、マイ短下肢装具ができてから格段に歩きが良くなったように思う。

短下肢装具はゴツくてロボ的だけど靴ではない。どちらかといえば靴下だ。短下肢装具を装着してから靴を履くことになる。だから靴も専用のものが必要で、これも注文した。

杖も必要。杖だけは豊富な種類と色の中から好きなのを注文できた。トドロッキーはどうか分からないけれど、私は参加させてもらった杖選びでちょっと気持ちが上がった。靴は既製品の中から合うものを探す作業だから選択肢はほぼなかったけれど、短下肢装具はオーダーメイドなんだから、色や模様をカスタマイズできてもいいのに。そういうちょっとしたお楽しみは闘病生活にはあればあるだけいいと思う。

潮風リハビリテーション病院の一日はけっこう忙しい。

朝食時間に合わせて各自起床。病院だからバイタルチェックを受け、パジャマからトレーニングウエアに着替える。

三食の食事は患者全員部屋から出て多目的ラウンジのテーブルでとる。

食事後は歯磨き。

その後午前中のリハビリテーション。

昼食をとって歯磨き。

入院中から約３年間使っていた油圧式の短下肢装具

午後二回、リハビリテーションを受け、夕食。

この間、週に三回お風呂に入る。診察もあるし、医師と家族を含めた面談や、先のようなオールスターのミーティングも入ってくる。

夕食後は歯を磨き、着替えて寝るわけだけど、多目的ラウンジで映画上映があったりカラオケ大会みたいなイベントもときどきある。こちらは自由参加だ。

自主トレーニングをしたい場合はこれらスケジュールの合間をみてやる。でも入院患者はそんなに体力はない。ベッドで休憩しながら一日のスケジュールをこなし、余力の範囲内で自主トレーニングすることになる。

自分一人で移動や着替えなどができない人には介助が入る。寝たきりの人も食事は車椅子移動でラウンジでとるし、嚥下トレーニングが必要な人にはそこでちゃんとスタッフがつく。

リハビリテーションは主にリハビリテーションルームで行なわれる。必要に応じて場所はベッドだったり、階段を使う場合は非常階段、多目的ラウンジの広いテーブルで洗濯物を畳むなどの動作も練習する。また、廊下や屋上のほか、外の歩道で歩きのトレーニングをしたりもする。

スタイルはマンツーマン。毎回その時間を担当するスタッフがベッドまで迎えに来て、トレーニングする場所まで一緒に行き、その時間が終了すればまたスタッフがまたベッドまで送り届けてくれる。

トドロッキーは相変わらず単語が出てこないことをものすごく問題にしていて、これが戻らないことには仕事復帰もままならないと考えていた。ほかに滑舌もトドロッキー的には大問題だった。それほど聞き取りづらいわけではないけれど、本人はちゃんと発音できていない自覚があって、このままではインタビュー取材に支障が出るのだと言う。

記憶も滑舌も、これをリハビリ指導してくれるのは言語聴覚士となる。

言語聴覚士はトドロッキーにどの程度の高次機能障害が出ているかを時間をかけて検査していった。結果がキビしかったのはやはり記憶力テスト。はじめに何個かキーワードが提示され、後でキーワードを覚えているかどうかを確認する認知症のテストと同様のものが行なわれたが、これがものすごく難しい。

テスト結果が悪くトドロッキーは凹んでいたが、横で見ていた私もトドロッキーと同レベルかそれ以下だった。やっぱり凹む。

自分に言い聞かせるようにトドロッキーに言った。

「きっとテストに不慣れなせいだよ。慣れれば結果が良くなっていくって」

私は最初の一回しかテストに同席しなかったけど、トドロッキーは何度かこのテストをやるうちに結果がちょっと上がっていったという。

「慣れたってこと？　高次機能障害が良くなったってこと？」

高次機能障害がそんなに簡単に良くなるものじゃないってことは分かってるけど。

「慣れたってのはあるな」

やっぱり。なら私も慣れれば結果が上がりそうだ。ちょっとホッとした。

私から見てトドロッキーに高次機能障害があると感じるのは、笑いと泣きのバルブがものすごく緩《ゆる》くなった点だ。

「ぶぶっ。くっくっくっ。くひっ」

ベッドに横たわって目を瞑《つむ》りじっとしている状態のトドロッキーが、突然吹き出し笑いをすることがある。最初に見たときは正直ヤバイと思った。脳の破壊が進んだのかと思ったが、聞けばイヤホンで聞いていたラジオＤＪの語りが可笑しかったと言う。

発病前だと、これくらいのことじゃ笑わなかったってレベルでも、ツボると吹き出すように笑う。どういうものにツボるのかは謎で一度笑い出すとなかなか止まらない。

泣きに関しては笑いほどではないけれど、やっぱりこれも脳内バルブが緩んだ感じ。テレビ番組で、やはり発病前とは違うレベルで目が潤む。

明らかに変化があった笑いと泣きに関しては、もちろんトドロッキーにも自覚があった。

もともと笑い上戸の人も泣き上戸の人もいるし、発病後のトドロッキーの笑いも泣きもそういう人たちと比べればまだ控えめだとは思う。多分トドロッキー本人が思うほど側から見て障害な感じはしない。笑いが病気を治す、とも言われるわけだから、この笑いが逆に身体を良くしてくれればいいなあと思うくらいだ。

＊

最初に入れてもらった二人部屋は二週間ほどで転室となった。転室先は当初の予定通りに四人部屋。

移って間もなくトドロッキーの車椅子移動時の見守りがはずれた。移動が一人で自由にできることになってトドロッキーは憑《つ》き物が取れたみたいに喜んでいたが、今度はここで騒音に悩まされ始めた。

ナースコール騒音。スタッフステーションに近い病室だった。

スタッフステーションに近い病室に入っている患者は、前にいた坂の上脳神経外科病院でもそうだったように頻繁にケアが必要な人たちだ。坂の上脳神経外科病院では六人部屋を含めスタッフステーション周辺の病室からベッドサイドモニターが頻繁に電子音を上げていたが、ここではそれがナースコールなのだった。

ってか、ナースコールの音がでかい。

またナースコールは日中に多いが夜も多い。夜中のトイレは呼べばちゃんと連れていってくれるから、トイレコールがけっこうある。

ナースコールには音楽が使われていた。DREAMS COME TRUEの『未来予想図Ⅱ』のサビ部分をチャイムっぽくアレンジしたものだった。

「何でこの体の俺が『未来予想図Ⅱ』なんか聞かされなきゃなんないんだよ。未来の予想なんかできないっちゅうの」

お、そこを突っ込むんだトドロッキー。

言われるまで曲名を思い浮かべることはしてなかった。そうだった、この曲のタイトルは『未来予想図Ⅱ』。こういう突っ込みは非常にトドロッキーらしい。

「タイトルなんかいいじゃん、別に」

「いや、そういう曲なんだから。未来なんか予想できないっちゅうの。夢だってかなわないっちゅうの」

「ドリカムにまで反応してんの！」

なんとバンド名も気に入らないらしい。面倒だな。

「ってか『未来予想図Ⅱ』なんて曲名よく出てきたね。ちゃんと出てくるじゃん」

「頑張って思い出した」

これに関しては面倒だから頑張って思い出さないで欲しかった。

「音量が嫌なの？　曲のチョイスが嫌なの？」

「一日に何十回と聞かされて、他の人も煩《うるさ》いって言ってんだから煩いんだよ」

まあ確かにこのナースコールが夜も同じ音量で流れるなら、それは煩いかも。

「夜は病室のドア閉めないの？」

「閉めるけど煩い。言ったんだよ。なんとかしてくれって」

「クレームしたの？」

「言ったら夜の音量ちょっと下がったんだけどさ、それでもやっぱり煩い」

「じゃあ耳栓試してみる？」

トドロッキーは、そんな手があったかと目を丸くした。どうか耳栓で解決しますように。

すぐに耳栓を買いに走り二タイプを手渡した。後日、試したトドロッキーは言った。

「やっぱり煩いな」

「付けても付けなくても同じ？」

「いや、ましにはなる」

ましになるならいいじゃないの。

「つけ心地がどうも。慣れもあるのかな」

慣れてください。

それでもその後もやはり煩いということで、トドロッキーは看護師に部屋の移動を訴えた。前にいた二人部屋にはナースコールの音があまり聞こえてこなかったから、その並びの四人部屋に移して欲しいと言ったそうで、その要望が通り、空きが出たら移動させてもらえることになった。

またベッドの空き待ちだ。

とりあえず文句が収まってよかったのだが、しばらくするとトドロッキーはまた別の騒音にブツブツ言い出した。

同室に新しく入って来た蝉畑さんが騒音主。六〇歳代くらいで、骨格がしっかりしていて威勢がよく、建築肉体労働系の雰囲気を出している人だった。

「タバコ？　病院の中じゃ吸わねえよ。玄関出て吸ってっからちゃんと。外出？　そんなもん、出たいときに出りゃいいんだよ。病院がだめだったって関係ねえもん、俺の体だ」

患者仲間に威勢良く話していた。蝉畑さんはトドロッキーと体の状態がほぼ同じだった。片麻痺で、自分で車椅子を動かして自由に移動する。

「前の病院でパチンコしてたら再発しちまってさあ」

武勇伝のように話す。以前脳梗塞で違うリハビリテーション病院に入院していたらしく、そこを抜け出してパチンコをしていたときに再発して倒れ救急搬送となり、杖で歩ける程度だった麻痺を重くしたらしい。

蝉畑さんが騒音を出すのは奥さんが見舞いに来たときだ。奥さんは毎日決まった時間に病室にやってくるが、来るとすぐに夫婦喧嘩が始まり、奥さんが帰るまで続く。

「生活費がもうないよ。どうしたらいいのよ」

奥さんの言いたいのはつまりこういうこと。

「この俺に今稼げっていうのかよ。どうやって稼ぐんだよ」

と蝉畑さん。

「だって足りないんだから。病院代だってどうすればいいのよ」

「病院代くらい何とかしろ。おまえがだらしないからこうなったんだぞ」

こうなったんだぞのこうは、蝉畑さんの再発のことを言ってるのか、それとも家計のこと?聞きたいわけでは絶対ないのに高音量の夫婦喧嘩はすべて耳に入ってくるから突っ込みもつい入れたくなる。

「リハビリやらないしテキトーばっかりだからじゃないの。引っ越しだってしなきゃよかった。あれでお金なくなっちゃったんだから。ちっとも片付かないし」

「引っ越ししないと俺が家で歩けねえだろ」

家族はバリアフリーの家に引っ越ししたようだった。

二人はいつも同じことを言い合い、どんどん音量がエスカレートして廊下にもまる聞こえ。ときどき看護師が注意に来るが、二人はカッカきていて喧嘩をやめようとはしない。最後はもれなく奥さんが泣いて終わり、帰っていくのだが、奥さんは翌日も決まった時間に見舞いに来る。

この二人の夫婦喧嘩の時間がトドロッキーには非常に苦痛だった。喧嘩の時間にリハビリテーションが入っていれば病室にいなくてすむが、なかなかそうもいかない。トドロッキーは多目的ラウンジに逃げたりもしていたけれど、ラウンジはこの病室のすぐ目の前にある。だからここでも夫婦喧嘩はまる聞こえ。じゃあ別の階のラウンジに逃げられるといいのだけど、トドロッキーはまだ違う階へ行く許可が出ていなかったため行くことができず、逃げ場がない状態。

この二人の夫婦喧嘩となると耳栓の効果は薄かったようで、トドロッキーは頻繁に早く病室を変えてくれと看護師に訴え始めたが、状況的に空きが出ないから移動はできず、耐えるしかない。

結局トドロッキーはイヤホンで耳に蓋《ふた》をし、スマホのラジオの音量を上げてやり過ごすようになった。

私は、蝉畑さんは怒りを抑えられない高次機能障害を負っているんじゃないかと思っていたが、これついては、ある日私の中で解決した。

蝉畑さんの息子が見舞いに来た日だった。なんとそのときも喧嘩となった。三〇歳代に見える息子は既に家を出ていて仕事もしているらしい。蝉畑さんの家庭事情に詳しくなんかなりたくないのだが、耳に入ってくるんだから仕方ない。

「親父、ちゃんと座れよ。そんな姿勢でいるから治んねーんだよ、だらしねえな」

息子は蝉畑さんをガンガン攻め立てた。蝉畑さんの麻痺の状態ではちゃんと座るのは多分難しいはずだが息子はおかまいなし。息子はひたすら蝉畑さんのこれまでと今現在の生活態度のダメ出しをしていく。蝉畑さんも言い返すから夫婦喧嘩同様、親子喧嘩もヒートアップ。でもさすが若さで押し切る息子が優勢だった。

この家族は言い合うのが日常なんだろうな。高次機能障害で急に怒りっぽくなったわけではないと判断した。

実はトドロッキーにも怒りをコントロールできない高次機能障害が出て来たのかなと疑っていた。入院してからずっと腕に巻きついて取れないようになっている名前が入ったリストバンドを、こんなもの！　と言って引きちぎったりもしていたから。

「邪魔なんだよ。だいたいここの病院、みんな長期なんだから顔分かってるのに名前なんかいらないだろ」

ブツブツ言っていたが、腕からリストバンドがなくなってることをすぐに看護師に気づかれ、翌日には新しいのが付けられた。

「ごめんねー、付けなきゃなんないのよー」

決まりは決まり、特例なしの病院だ。トドロッキーは抵抗することなく腕を差し出したそうだ。

でも蝉畑さんの息子を交えた言い合いの様子を見て、まあこれじゃあイライラするのも仕方ないかと考えを改めた。名前入りリストバンドだって、数ヶ月間ずっとつけ続けるのは私だって嫌だし、リストバンドに当たるくらいなら逆に随分我慢ができている。トドロッキーはもともと腕時計もつけないで持ち歩く人なのだ。

結局この蝉畑さんの喧嘩の騒音を一ヶ月ほど我慢しところで奥の静かな四人部屋への移動が叶い、トドロッキーのイライラは落ち着いた。

この部屋には夫婦喧嘩の声はまったく聞こえてこず、ナースコールも聞こえてはくるが遠くで鳴っているという感じ。随分違う。移動日のトドロッキーの嬉しそうな顔といったらなかった。この病室には退院まで居続けることができた。

ただし、この病室にはいびきのひどい日延さんがいた。トドロッキーはその日の夜、衝撃的な洗礼を受けることになった。日延さんがリハビリテーションでベッドを空けているとき、トドロッキーほか同室の三人が話し合いをしたほど日延さんのそれは破壊力があった。話し合ったってどうなるものでもないのは、みんなもちろん分かっているだろうが、語らずにはいられなかったんだろう。「分かる〜」的コミュニケーションが発動されたわけだ。

「喧嘩の声よりはいいけどね。ナースコールの音よりもましだし」

いびきばかりはどうすることもできず、引き続き耳栓使用となった。日延さんはそれから二週間程度で退院となり、その後の病室に騒音の問題はなくなった。

＊

トドロッキーの新たな病室はスタッフステーションから一番遠い病室群の中にあった。つまり手のかからない患者のいる病室群だ。同室には若いコンビの千田技くんと森崎くんがいた。二人ともトドロッキーと同じ右片麻痺を負っている。千田技くんは三〇代前半で明るいお兄ちゃん。入院患者の平均年齢約七五歳のこの病院にあって千田技くんの若さは文句なしのトップレベルである。

森崎くんは四〇歳前後だと思われる。こちらも千田技くんほどじゃないけど、この病院では超若い。トドロッキーの五〇歳ってのも脳卒中患者の中に入れば普通に「若い！」と言われる年齢である。だからこの三人のいる病室は、この病院ではものすごく若さが満ちた病室ということになる。

トドロッキーはやはりご高齢の人たちより千田技くんや森崎くんとの方が会話が弾むようで、病室で会話している場面がぐっと多くなった。トドロッキーから聞くに、二人とも忙しいとされる業界にいた。やっぱり単純に忙しいってのは体に悪いんだなあ。

麻痺は若ければ若いほど機能回復のスピードが早い。

片麻痺でいえば、若い方が筋力があって麻痺側の半身をコントロールしやすいことも大きいんだろうけど、そもそもリハビリテーションは脳内に麻痺側の筋肉を動かすための新しい回路を作る作業だ。若い脳の方が物覚えは明らかに早いんだから、機能回復だって早いわけだ。

千田技くんはトドロッキーと同様、発病直後は右半身が完全に動かなくなったというが、千田技くんの方がリハビリテーション病院歴が一ヶ月ほど長いのを考慮してもその復活のスピードはトドロッキーの比ではない。千田技くんは外の歩道を杖も装具もなしで歩ける。トドロッキーがそのレベルまでいくまでには何年もかかりそうだ。

千田技くんは装具を装着しない。麻痺足を大きくぶん回すような歩き方だがテンポは速く安定感もある。装具をつければもっとスマートに歩けるだろうにとも思うが、千田技くんは装具をつけないリハビリテーションを選択した。

「買うお金ないもん」と千田技くん。

装具はオーダーメードだからとっても高価だ。ただ治療用装具は保険が適用されて一割から三割の負担をすればいい。といっても装具自体が高価だから実際の負担額もなかなかの額となる。トドロッキーの短下肢装具は約一〇万円。油圧制御継手型といって、メカニックな構造とフォルムを持つ。油圧効果で滑らかな体重移動を促し下肢の動きをコントロールする。

千田技くんはトドロッキーの装具の金額を聞いて「金持ち〜」と笑っていた。

千田技くんの会社は彼が退院後にまた戻って来れるよう席を空けてくれているのだという。千田技くんが装具を買わなかったのは購入額の問題ではなく、装具に頼らない歩きを獲得したいからなんだと思う。事実、千田技くんは獲得しつつあった。

この潮風リハビリテーション病院では杖を使って歩けるようになると、歩行のトレーニングに外の散歩が組み込まれる。病院の外に出て歩道をただ歩く。長期入院患者にとって外に出られるのはそれだけで気持ちが上がるものだけれど、トドロッキーに言わせると「嬉しいは嬉しいけどすごく怖い」らしい。

歩きが不安定な人にとって外の道は室内の廊下とはまったく違って危険がいっぱいだ。あの舗装された歩道が、である。

まず、けっこうな頻度で車道を横断しなくてはならない。横断するときに段差を登り降りしなければならないし、段差をなくして傾斜にしているところでは傾斜の登り降りがある。私から見ればないに等しい超低い段差もトドロッキーには立派な段差。装具をつけていてもつま先が上がらず地面を擦《こす》るようにして歩くため、このちょっとの段差に足が引っかかる。歩道のアスファルトは真っ平らに見えていても実はそうでもなく、波打っていたり、車道側に少し傾斜していたりするため、歩きのバランスを保つのが難しい。

起伏だけじゃない。後ろからやってきた歩行者が抜いていったり、自転車とすれ違ったり、前を見ていない歩きスマホの人を注視しなければならなかったり、無邪気にちょろちょろ歩く子どもにぶつからないようにしなきゃならなかったりと、歩道歩きは危険がいっぱいの汗だくミッションだ。

そんな歩道を千田技くんはガツガツとダイナミックに歩く。しかも横に付いて一緒に歩く理学療法士とニコニコ楽しそうにおしゃべりをしながら。外歩きでは緊張がすぎて一切言葉を発しないトドロッキーとは格違いの余裕をみせる千田技くん。

「いいなあ。バランスがいいんだよなあ。スピードも出てるしさあ。俺もあんなふうに歩ける様になりたいんだよなあ」

憧れの目で話すトドロッキーの目下の目標は千田技くんの歩きなのだった。

脳梗塞と分かって入院した日、トドロッキーは仕事を一度すべて白紙にした。当初入院は二週間だと思っていたから、そう担当編集者に伝えていたけれど、右半身が完全に動かなくなったとき、復帰の時期はまったく見えなくなったため、改めて長期入院になることを伝えた。

潮風リハビリテーション病院はノートPCを病室に持ち込むことを制限していない。トドロッキーは仕事復帰に備え、キーを打つ練習をするためにノートPCをベッドサイドのデスクに置いていたのだったが、しばらくはあまり開くことはなかった。

ノートPCでDVDを観ることもできたが観てはいなかったし、テレビですらスポーツをときどきちょっと眺めるだけ。まだトドロッキーの脳には映像の情報量はキャパを超えていたようで疲れると言い、音だけがちょうどいいとスマホでラジオばかりを聴いていた。

二時間の映画を観ることがそもそも無理なら、仕事復帰はずっと先の話だ。私もトドロッキーもそう思っていた。

そんな折、ある編集者から、トドロッキーの体の状態を理解したうえで原稿依頼をいただいた。単行本『伝説の映画美術監督たち×種田陽平』（スペースシャワーブックス）に挿入するコラム原稿で、発病前から書くことになっていたのを断念した件だった。

トドロッキーは、引き受けるかどうかをかなり悩んだ。PCのキーを片手で打ってみてもノロノロだ。体幹が崩れてPCの前に一〇分以上座り続けるのもけっこう難しい。頭もまだぼんやりしていて、考えを原稿にまとめ上げることができるのかどうかの自信もなかった。原稿に仕上げるまでのスピードもまったくイメージできず、結局できないとなって迷惑をかけることになるかもしれないと渋っていたが。

「やってみることにした」

随分悩んだ末にチャレンジを決めたトドロッキー。でも私は当然そうするんだろうと思っていた。この本は美術監督・種田陽平氏が日本を代表する大御所美術監督一三人にインタビューし、各人の仕事についてまとめたものだが、取材に同行したり内容を記事に起こしたりとトドロッキーもある程度関わっていたもので、かなり思い入れがある。

やると決めるとトドロッキーはこの仕事に熱中した。頼まれて私が運んだ資料書籍はサイドテーブルに積み上がり、乗り切らないものを入れたベッドサイドの大きな紙袋が本棚代わりとなった。

見ていると、資料書籍を開きページを押さえて付箋をつけていく作業すら片手だけだと大変なことが分かる。リハビリの合間に、休み休みキーボードをぽちぽち。左手だけで文字入力していき、時間をかけてついに原稿を仕上げ、編集者に送った。トドロッキーの心配は発病前と比べて原稿の質が落ちてないかどうかだ。

「大丈夫ですよ」

編集者に問題ないことを確認してもらったことは、トドロッキーの大きな自信になったようだった。

この仕事が終わった後、発病前に連載していた映画レビューを再開することになった。本来なら試写に出かけ映画を観て書くのだけれど、ＤＶＤを用意してもらった。ＤＶＤを休憩を挟みつつ鑑賞した後、レビューをぽちぽち打っていく。

ありがたいことに、入院中にほかにもいくつか仕事をさせてもらうことになった。トドロッキーが病室でテレビよりもラジオを聴いていることに興味を持ってくださった編集者の提案で、ラジオを題材にした連載コラムを書かせていただけることになった。

また、鼎談記事のメンバーとしてお声掛けをいただいたときは、病院が談話室の使用を許可してくれ、ほかのメンバー二人が病院に来てくださったことで参加が可能となった。

車椅子を卒業し、杖での歩行ができるようになって外出の許可が出るようになってからは、インタビュー記事も書かせていただいた。外出して俳優さんにインタビュー取材をし、病室で記事にする。これもトドロッキーの状況を理解してくださった俳優さんが、病院の近くまで来てくださったことで可能になった仕事だった。滑舌が悪くスローテンポなインタビューではあったけれど、みなさんが配慮してくださったことで無事記事に仕上げることができた。

こうやって挙げていくとけっこうやった感じがあるが、長い入院生活でのことだからボチボチゆっくりやっただけだ。でも仕事復帰には違いない。入院中からやれるようになるなんて思ってもみなかった。

こんな調子なら退院後もボチボチやっていけそうだというイメージが持てたのは大きかった。「文筆稼業」が続けられてる見通しは抗うつ剤を飲むより効くと思うから。

脳卒中で重い麻痺が出ると、完治する怪我や病気とは違い、退院後の生活が見えなくなるから、ものすごい不安を抱えることになる。麻痺は退院後も続くから、半年間病院でゆっくり療養して元気になって職場に戻ってまた前のようにバリバリやる、という図式が成立しない。千田技くんは、会社が千田技くんの席を空けて復帰を待ってくれていると言って会社に感謝していた。

一方森崎くんは会社に復帰できるのかどうかを不安視していた。森崎くんは片足の麻痺が千田技くんより少し重いが麻痺手はけっこう動く。字もゆっくりながら書くことができる。あれだけできれば、動き回る営業は難しいかもしれないけど事務なら絶対やれる。

会社の人たちにはきっとイメージが摑めないんだと思う、脳卒中で麻痺を負った人がどれくらいの仕事ができるのか。だから会社の人に教えてあげたくなった。森崎くんはやれますよって。

ほら、森崎くんよりずっと麻痺が強いトドロッキーも、さすがに仕事量は少ないけれどやれてるでしょって。

脳卒中で負った体の麻痺は特徴的で、かつての私みたいに知識のない人には、いろんなことをやるのが困難そうだと映ると思う。実際困難が伴うし、周囲の理解も必要になってくる。けれども見た目よりはけっこうやれるのだ。そういうことを森崎くんの会社の人に伝えたいと思ったし、世の中の人にもっと知って欲しくなった。

仕事復帰したい患者にとって、具体的な復帰のイメージが持てるかどうかはかなり大きい問題のはず。イメージが持てないままではリハビリテーションに挑むモチベーションを保つのも難しい。何か策があるといいのになと切に思う。

＊

家では工具箱を横に置いてやるような作業はすべて私が担当している。組み立て家具も私が一人で仕上げる。家電のセットもＰＣのハードをいじるのも私。できることとできないことがはっきりしているトドロッキーの、これらはできないことの枠内のことだから私の担当。もともとメカニックなものにわりと萌える私は、率先してやりたいジャンルだから問題はない。

トドロッキーは極度に不器用。手先がこんなに不器用な人も珍しいとは、結婚当初から思っていたが、間もなくトドロッキーの不器用さは不器用の枠を超えた番外編で括るべきだと思うに至ったのは、キーボードの打ち方が異彩を放っていたからだ。

トドロッキーの仕事道具はPCだし、遡《さかのぼ》ればワープロ初期時代からキーボードで原稿を仕上げていたわけで、歴はものすごく長い。

それなのにトドロッキーはキーボードがうまく打てない。ずっと、なんと指四本だけで打っていた。両手一〇本中の四本！

使うのは左右の指二本ずつ。共に中指と薬指。なぜその指をチョイスしたのかは謎。本人も分からないらしい。

トドロッキー的には四本打ちと私に言われるのは心外のようで、

「人差し指だって親指だってたまに使ってる！」

と主張した。確かにじっと見れば人差し指と親指は使っている。ただし滅多には使わない。全体の九割以上の作業は中指と薬指が担っているわけで、それはもう四本打ちと言って問題ない。

トドロッキーと同程度のキーボード歴を持つ私は、相応程度に打つのが速い。もちろん一〇本の指を全部使う。

トドロッキーの四本打ちに気づいたばかりの頃、トドロッキーに進言した。

「一〇本の指全部を使って打つ方が早いし楽だよ」

「そうだね」

一般論としてでしか聞いていないのかまったく本人、指使いを変える気配はない。もちろん度々進言した。

「変えた方がいいよ。原稿打つのが楽になるって」

「うん」

同意はするものの、相変わらずだ。

「ブラインド入力できるようになった方がいいって！　慣れるまでちょっと大変だけど結果的にはストレス減るって！」「人差指と親指もっと使ってあげなよ！　ものすごい役に立つやつらだよ！」「中指と薬指だけでライター業なんてよくやってんね！」

あれこれ言った。だって指全部を使った方が明らかに効率がアップするんだから。

私がぶつぶつ言うたびにトドロッキーからは逐一何を語るでもない言い訳が返って来るようになった。一向に指使いを変える気がないのだ。

数年して私はやっと気がついた。トドロッキーは指で何か作業をしようとしたら人差し指よりもまず中指が動いちゃうのだ。その次に薬指。運動の苦手な人がスムーズなスキップをイメージしていてもイメージとは違う足を違うタイミングで出しちゃうのと多分一緒。

たとえ不器用な人だとしてもキーボードなんて練習すればパチパチとスムーズに打つことができるようになるものだなんて私は思っていたけれど、トドロッキーの不器用さは私の理解を超えていると理解して腑《ふ》に落ちた。理解不能レベルなのだから目の前で起きている不器用キータッチに疑問を呈しても意味がない。

へー、そうやって打つんだぁユニークだねえ、くらいのことにしておかないといらぬ提案をしてしまってこっちが疲れる。以降指使いについて口を出すのをやめた。

それくらい不器用なトドロッキーが利き手側の右片麻痺により、左手だけでキーボードを打たなければならなくなった。

これまで通りの打ち方でいくなら二本打ちになる。もちろん中指と薬指。この二本だけで長い原稿を仕上げられるのか？　仕事を病室で再開する、となったとき、やれることはやれるだろうけど、ものすごい時間がかかっちゃうなと実は思っていた。

と、そこで気づいた。

片手にはそもそも指が五本あるのだ。五本稼働できればそれまでの四本よりかえって増えるではないか！　どっちみち左手を利き手にする訓練をしている。ついでにキーボードを打つ指を増やす練習もすればいいのだ！　そう思いついて光明を得た気がした。

ググってみれば片手の五本指だけでキーボードを打っている人はけっこういる。もう一方の手でタブレットを扱ったり資料をめくったりするためで、仕事効率を上げるためにわざわざ片手でキーボードを打つ練習をしたらしい。スピーディに打てている。すごい。

いける。そう思い、トドロッキーに提案した。

「五本指全部で打つ練習したらぜんぜんやれると思う！　もしかしたら今までの打ち方より早く打てるようになっちゃうかもよ！」

トドロッキーは笑うだけ。とくに返事もなく流された。ここはちゃんと説得しないとだ。

「そりゃ今までの四本打ちも奇跡的に速かったよ。だけど五本打ちなら一本増えるんだからもっと速い！」

「まあね」

「でしょ！　だから！　この際だから、どうせだから五本指全部使えるようになっちゃえばいいんだよ。原稿打ちながら練習していけばいいんじゃない？　どうせ一本じゃのろのろなんだから」

「やってみるけどさあ」

返事が渋い。

おっと急《せ》いてしまったか？　今取り組んでいるリハビリテーションの効果は少しずつしか出てこない。リハビリテーションはこれからのトドロッキーの人生で延々と続く。左手の指使いは麻痺側の機能回復訓練とは別物だけど、何事にも急かすようなことを言わないようにしていたつもりがやってしまったか。トドロッキーの渋い返事に即反省し、言うのをやめた。とはいえ五本指プロジェクトにはいつか取りかかってもらいたい。

病院での仕事再開は二本打ちでスタートした。まあ、利き手チェンジの訓練中だ、まずは片手でのキーボード動作に慣れなくては、だ。案の定キーを打つスピードはのろのろで、だからこそ当然次第に五本打ちに移行していくんだろうなと思っていた。

が、甘かった。

トドロッキーの不器用は私の理解を超えているのだ。しかも遥かに。トドロッキーはその後相変わらず二本打ちで、二本打ちのままスピードアップしていった。いらぬ提案だったのだ。

トドロッキーは言う。

「他の指だって使ってるよ。二本の指だけで打ってるわけじゃないんだ」

いやいや、そうかもしれないけれど九割以上は二本指だ。

ただ一つ、よーく見てみれば左指の使い方に変化があった。かつての主力メンバーは中指と薬指だったが、人差指と中指にチェンジしていた。ピースサインの指。

えーっと。

薬指も主力のままでよかったんだが。そしたら三本になったじゃないの。なぜ二本に落ちつくのか？

理解を遥かに超える不器用はとことん謎だ。

かくしてトドロッキーは文章をピースの指で綴ることになった。

＊

数ヶ月単位の長期入院となると、入院患者のベッドにはそれぞれの生活感だとか個性が出てくる。

トドロッキーのベッドにはクッションが三つある。加えてマイ枕も一つ。家にあったのと、買ってきたのと。もちろんこれらのカバーには私の趣味が出ちゃっている。ベッドが家庭内景色の一端を表現していると言ってもいい。

クッションを持ち込んでいる患者は多いが、トドロッキーの持ち込み数はトップクラスだ。どう使うかといえば、二つは左右それぞれの足が枕として使う。もう一つはいろんな場面での不具合調節用。例えば原稿を書くときに車椅子の背と背中の間に突っ込んでみたり、横になっているときに寝返り補助として体のサイドに差し込んでみたり、枕に重ねて頭の位置を高くしたりするのに使う。

右半身が麻痺して体のバランスが崩壊したため姿勢を保つのが座ってても寝てるときでさえ難しく、クッションに頼っているのだけれど、頼ってもなおバランスは悪いままでしっくりこないらしい。不具合調節用のクッションはないよりはあった方がいい程度のようで存在価値は微妙、いつも居場所のない感じで佇《たたず》んでいる。

クッションは「足を高くして寝たいんだよなあ」だの「背中に挟むものないかな」だのの要望に応えるべく、家に適当なのがなければ店に行き、大きさや詰め物の感じを吟味して購入した。

トドロッキーの要望に応えるべく手作りしたものもいくつかある。

足指用のクッションはその一つ。足の爪にネイルするときに使うような、それぞれの足の指の間に入っていく突起のあるものだ。麻痺側はいろんなタイミングで痙縮しカチンと固まってしまうのだけれど、中でも手足の指がやっかいでカッチカチのグーになってしまい、一度固まるとなかなか緩んでいかない。環境の変化でも感情の変化でも痙縮のカチンが起こるから体って不思議。

足の指がグーになると歩くことに支障が出る。こうなるともうお手上げ、指が緩んでいくのを時間をかけて待つしかない。このカチン対策に何かないかなというのがトドロッキーの要望。

考えたのが足指用クッションだった。固いグーにならないよう、手の平にボールを握るイメージで、指の間に小さなクッションを挟んでおけばいいのではと考え、使えそうな市販品がないかと探したがジャストなものが見当たらなかった。

レディース向けの足指のネイル用を試してみたがやはり男の足には小さく、リラックスグッズで売っているようなふわふわなものではカチカチ指にはあまりに非力でぺしゃんこに潰れて用をなさない。だからトドロッキーの足幅に合わせたサイズでキツく綿を詰めたものを作った。

試作から三個くらい作って私的にはかなり満足のいくものに仕上がったが、満足したのは私だけでトドロッキーは結局あまり使わなかった。トドロッキー自身で付け外しがうまくできなかったのが敗因だ。付け心地もよくなかったらしい。

担当の理学療法士が手作りしてくれたものもある。

足を上げる自主トレのためのステップ。上り下りのトレーニング用のステップは市販品もあるけれど、トドロッキーには高さが合わない。すごく低いステップが必要で、それを週刊漫画雑誌二冊をガムテープでぐるぐる巻きにして作ってくれた。トドロッキーはこのステップをベッド下に置き、ときどき取り出して自主練に使っていた。

そんな中、私の手作り品でヒットが出た。小さなトートバッグで、一度廊下に出ないと行けない洗面所へのお出かけ用。

歯磨き用のコップとハンドタオルと歯ブラシのみがちょうど入るサイズで、自立し、軽く、濡れてもすぐ乾く素材のもの。既製品で少し探したのだけれど、すべての条件を満たす理想のものが見つけられなかったため手作りした。しぶとくネットで検索したり店に探しに行ったりすれば見つかったのかもしれないが、もうそうなると作った方が早い。で、作った結果これがトドロッキーの必需品となった。

トドロッキーは毎食後、車椅子を左の手足で動かして一人で洗面所に行き、歯を磨く。残念ながら洗面所に個人の道具を置いておくスペースがなかったため、いちいちコップと歯ブラシとタオルの三点セットを持っていかなければならないのだけれど、この持っていく作業がなかなかに難しい。

トドロッキーが使っていた車椅子がたまたまそうだったのか分からないが、折りたためる軽い構造のため大きな隙間だらけ。三点セットを小さなビニール袋に入れてまとめたところで車椅子と体の間に挟める面の部分がない。太ももの上や間に乗っけてみても、片麻痺だと太ももを閉じるということができないためすぐに落ちてしまう。落ちようものなら拾い上げるのが大変だ。

背もたれにS字フックをひっかけ、袋をかけてみてもなぜかS字フック自体がすぐ落ちてしまう。肘掛けに袋をひっかけてみれば、大きくせり出した車輪に接して絡み、これも結局落ちてしまう。

どうにかいい方法はないものか。

車椅子で動くトドロッキーをじーっと見て考えた。

どこか袋の持ち手をひっかけられる場所があればいいのだ。せり出した車輪に袋がぶつからないような場所で、ひっかけやすく、かつ車椅子操作にも邪魔にならないような……。

あった！

あるじゃないフックが一つ。トドロッキーの麻痺の右手形状にフックを見て解決策を得た。

車椅子を動かしているときのトドロッキーの右手はいつも痙縮状態にあり、グー直前の握りきっていない状態で上を向いて固まっている。ピーターパンに出てくるフック船長のフックになった手とほぼ同じ状態と言っていい。このフックに袋の持ち手をひっかければいいのだ！

さっそく右手フックにビニール袋をかけてみる。いい感じ。でも車椅子を動かしているうちに袋がサイドに流れてせり出した車輪にぶつかってしまう。

ならば三点セットのジャストサイズで、サイドに流れても車輪に干渉しない高さの、かつ自立して、物が片手で取り出しやすい極小トートバッグがあればいい。

というわけでハンドメイド。これがトドロッキーにヒットした。

商品名をつけるなら〝フック船長のグルーミングトー

リハビリテーションで使っていた洗面道具を持ち運ぶために作ったトートを再現したもの。袋部分が自立し、持ち手がピンと立っていると片手で使いやすかった

ト〟だ。

グルーミングトートはお湯を運ぶのにも役に立った。

トドロッキーの別の要望「水を運べるコップ」の調達に一旦話を飛ばす。

サイドテーブルに水を置いておきたいわけだが、差し入れにいただいた香りのすごくいいティーバッグもある。お湯が運べるコップならなおベスト。お湯はラウンジの給湯器にいつでも用意されている。

蓋のついたコップはけっこう売ってる。問題は運び方だが、グルーミングトートを使えば運べそうだ。

ということで、しっかり密閉できる蓋つきコップを探した。トドロッキーがお湯を運ぶんである。しっかり閉まる蓋じゃないとダメだ。となるともう水筒ってことになる。

ところが右手が使えないトドロッキーには水筒の蓋をねじって開け閉めするのは不可能に近い。左手だけでやれるものか試してみたが細長い形状のため安定感が非常に悪くてやっぱり難しい。お湯を入れるなら危険だ。

筒状のタッパーみたいなのはお湯を入れれば熱い。

弁当箱ならどうだろう。形がいろいろありそう。温かいものを入れる想定で作られてるんだし、コップの形状のものがあれば使えるかもしれないと思い、売り場に行けば、サーモスのスープジャーに目が止まった。

お湯を入れても熱くないし冷めづらい。蓋を開ければコップとしても使える。そもそもスープを こぼさず運べる構造だから蓋の開け閉めさえできればアリだ。問題は蓋。スープジャーは水筒と同じ、ねじるタイプだ。

左手で開けてみる。あれ、けっこうやれる。背が低くて底が広い形状だから、置いたテーブルに押し付けるような感じで閉められる。強くは閉められないけど大丈夫そうだ。蓋を開けてコップとして使う場合も水筒と違って倒れない安定感がある。買ってトドロッキーに扱わせてみれば、動く左手だけで開け閉めができた。

そんなわけでトドロッキーのサイドテーブルにはスープジャーがコップ代わりに置かれることになり、運ぶときはフック船長のグルーミングトートが登場することとなった。

トドロッキー（轟夕起夫）が病室で書いた映画レビューより

『私の男』

（監督：熊切和嘉　出演：浅野忠信、二階堂ふみ、モロ師岡、他）

轟夕起夫は『私の男』の描く死線が身体で理解できた

いやあ、どうもどうも。

前号はお休みをしてしまいました。すみません！　一体この身に何が起きたのか……を説明させてもらえば、去る2月3日、脳梗塞で入院、右半身の全機能を失っちまったんですな。以来すべての仕事をキャンセルし、療養とリハビリテーションに専念。なかにはやりかけのものも多々あり、その節は、関係者の方々には大変ご迷惑をおかけしました、陳謝!!

思い出すにあのときは無力感に苛まれたのだが、そんな悔恨を残した仕事の一つがここに紹介する『私の男』の〝プレス作成〟でありまして。1月に映画を拝見、宣伝部より依頼されて、熊切和嘉監督と主演の二人、二階堂ふみ、浅野忠信の両氏にインタビュー、しかし原稿を書く前に発症し、とにかく進めていたインタビューの文字おこしを宣伝部へと送って、やむを得ず仕上げをお任せしたのでした。

原作はご存知、桜庭一樹の直木賞受賞作。ヒロインの名は「花」で、大地震による津波に遭った被害者の一人である。一命をとりとめたものの家族を失い、孤児となってしまった10才の彼女を引き取ったのは「淳悟」という中年男。やがて親子ほど歳の離れた二人は只ならぬ関係になる。いや、実のところ正真正銘の親子なのだけども、〝女と男〟になることを選ぶ。確認するまでもなく、読む者おのおののモラルや感受性を激しく刺激する小説で、その世界と格闘した結果、映画は寄る辺ない二人の結びつきをいっそう際だたせ、しかも観終えた後、不思議な酩酊感の広がる作品に仕立てたのだった。

それは「花」と「淳悟」の関係をところどころ、現実界、足下の地上から数センチほど浮いているように描いてみせたからに違いない。たとえば真冬の朝、家の片隅でカラダを重ねるシーンでは突如、血の雨が降る。幻想的かつ生々しい禁忌のイメージ。人の道を踏み外した二人はどこに向かうのか。罪を二乗してゆくにつれて後半、物語の舞台は北海道の紋別から東京へ。

相当、ヘヴィな映画に感じると思う。まあ実際そうなのだが、しかし生／性の〝花びら〟を十全に咲かせようとする彼女のしたたかさは、ポジティブな痕跡も残すことだろう。その一挙手一投足はファーストショットから見逃せない。或る決定的な行為をしたあと、流氷に囲まれた極寒の海から上がってきて、微かな笑みを口元に浮かべているのだ。これが後々大きな意味を持ってくるわけで、１２９分は、この謎かけを解くためのランニングタイムなのである。

ふぅ……。

ちょっと一休み。裏を明かせばまだ入院中でして、日々リハビリをしながら合間に左指だけでパソコンのキーボードを打ってみたんです。きっと本誌が発売された頃も変わらず入院中のはず。でも、何とかなるもんですね。よし！

いやが上にも、今ならよく分かる。「花」の気持ちや行動が。いちど死線をさまよおうと、生／性の捉え方が一変してしまうのだ。常に死を意識しながら生きてきたヒロインの10～25才までの旅路。その果ての、ひとまずのハッピーエンドを見届けてもらいたい。

雑誌「ケトル」2014年6月号（太田出版）掲載

第4章

入院中に新しい病気が発症したら

～夫は続く受難に抗えず

「ご主人を救急搬送します。これから来ていただくことは可能ですか？」

主治医の四隅医師から電話がかかってきたのは、潮風リハビリテーション病院に入院してから約三ヶ月、息子たちが各学校へとハケた後の平日朝九時、仕事に出かける準備をしていたときだった。

すぐに準備をし病院に向かった。外はけっこうな雨だった。


病院のエントランスに入ると、いつもはまず、そのすぐ横にあるリハビリテーションルームにトドロッキーがいないかを確認するのだけれど、今トドロッキーがそれどころではないことは分かっている。

面会時間にはちょっと早い。受付で名前を伝えると、四隅医師に呼ばれて来ましたと言い添える前に「聞いてます。どうぞ」と面会証を渡してくれた。トドロッキーの緊急事態はスタッフ内で情報共有されていた。

トドロッキーの病室の階でエレベーターを降りると、目の前のスタッフステーションにいた看護師がすぐ声をかけてくれた。

「あ、いらっしゃった！　おはようございます」

待たれていた。

「ご主人はまだ病室にいらっしゃいます」と看護師。

え？　もうとっくに別の病院に救急搬送されていると思っていたから戸惑った。スタッフステーションでトドロッキーの経緯などを聞いて、すぐ搬送先に向かうことになっていたのだ。

「今、隣町総合病院に受け入れの打診をしてるんですけど、その連絡待ちなんです」

看護師の言った病院名は、四隅医師から聞いていたのとも違う。

「海横大学病院に受け入れ要請をしてるって聞いてたんですけど、変わったんですか？」

ここから歩いて五分程度のところに海横大学病院はある。

「そうなんです。すごく混んでるみたいで、今日」

「受け入れしてもらえなかったってことなんですか？」

「そうなんです。ただご主人、痛みは今少し落ち着いているようで」

「あ、そうなんですか？」

激痛がトドロッキーを襲っていると聞いていた。和らいでいるならとりあえず良かった。

「病室でお待ちください。先生を呼びますね」

看護師はそう言って内線の受話器を取った。

朝の電話で、四隅医師とはこんなやりとりをした。

「ご主人を救急搬送します。これから来ていただくことは可能ですか？」

「……えっと……それは」

脳梗塞の再発かと心臓が高鳴った。脳梗塞は再発率が高く、再発となれば既に負った麻痺とは違う麻痺が出現したり命を落としてしまう可能性もある。再発は最悪の事態だ。

「今朝、食事後になりますけど、激しい腹痛を訴えられまして、今も続いています」

「腹痛ですか?」

脳梗塞を示す体調変化の中で腹痛ってのは聞いたことがない。

「血圧の上昇はみられません。血液検査をしましたが、結果からも脳梗塞の再発ではないと思います」

良かった!

「内科で詳しく検査してもらうために現在救急搬送の手配中です。海横大学病院、分かりますか?」

もちろん。

「海横大学病院に受け入れ要請を入れましたので、返事が来たらすぐ搬送します」

「じゃあ海横大学病院に直接行けばいいですか?」

「一応返事待ちなんで、んー、どれくらいで来れますか?」

すぐ行ける! いや準備もあるしすぐは無理か。こういう場合、何持っていくといいんだっけ。

「一時間もかからないで行けると思います」

「ありがとうございます。そうですね、一度こちらに来てもらった方がいいかな。詳しい経緯もそのときお話しします。それから海横大学病院に向かっていただくということで」

了解。

「再発ではないんですね？」

もう一度確認した。

「多分ですね、ご主人の様子から胃潰瘍ではないかと思います」

胃潰瘍と聞いてホッとした。脳梗塞の再発に比べたら全然だ、なんとかなるやつだと思った。

それにしても救急搬送が必要と医師に判断された患者が搬送されずに待たされて、挙句断られたなんて。

夜間なら分かる。夜間に救急車に乗せたはいいが、受け入れ要請を次々断られて搬送先が見つからず走り出せないって事例はよく聞くし、私もなかなか出発しない救急車の中で長い間痛みと戦ったことのある経験者だ。

ただ、病院には病院の状況があってスタッフが足りてないときに受け入れするわけにいかないのは理解できる。一人分の受け入れ枠ができたとしても同時にいくつかの要請があればどの患者を優先するか判断しなければならないことも分かる。セカンドオピニオンで行った先の看護師が教えてくれたように、救急搬送の中でもトドロッキーのように病院から病院への搬送ってのは後回しにしていい筆頭だ。

それならばだ。

今日は平日で今は午前中。受け入れ要請という手順を踏むとこんなに時間がかかるなら、予約なしの当日受付で普通に外来診察に行っちゃったらいいんじゃないの？

でもこれは業界的にルール違反らしい。この業界、決まったルートをゆかなきゃならないのはすでに学んでいる。トドロッキーの痛みは落ち着いてるんだから四隅医師の指示通り待つのが賢明なんだろう。

トドロッキーはベッドに横になり、じっと動かず目を瞑《つむ》っていた。私が到着したことには気づいていない様子だ。

肩のわずかな揺れで呼吸していることを確認する。生きている。

手の甲には点滴の針が刺さっていた。これには溜息が出た。

トドロッキーは発病直後の二週間の点滴以外にも、入院中体調が悪くなるたびに点滴を受けてきた。つい最近も二週間の点滴治療が行なわれていて、二日前にやっと終えたところだった。点滴の薬液の流れは今までの中でもっとも悪く、後半は何度も何度も針を刺し直すというハードな試練となった。

ただでさえ弱っていた血管が悲鳴を上げだしたように思う。

つい最近の点滴のきっかけはこうだった。

「足の指がさあ」

私が病院に着くなりベッドで資料本を読んでいたトドロッキーが左足の親指を見せて言った。

その指はパンパンに腫《は》れていて、腫れは足の甲全体に広がっていた。

「痛いの？」

「痛いね」

トドロッキーの右半身を支えている左半身は毎日ものすごく頑張っている。トドロッキーが見せたパンパンに腫れた足は左足。かなり由々しき事態である。

数日前から親指が痛い感じはあったらしい。そのうち治ると思っていたのが日に日に腫れていったという。

それ毒じゃね？

言おうとしたがトドロッキーはなんだか弱った表情をしている。元気がないときはキツい言葉を柔らかいのに変換して言う。そんな配慮はトドロッキーの脳梗塞前にはなかったんだが。

「バイキン入ったのかもね」

「そうなのかな」

聞けば、数日前にお風呂に入ったときにチクッとした感覚があったという。

「無菌の環境で抵抗力なくなっちゃってるからさあ、普通なら大丈夫でもだめになっちゃうんだよ、きっと。看護師さん知ってるの？」

「塗り薬はもらったんだけど」

「いつ？」

「チクッとした日」

サイドテーブルにあった塗り薬を見ると、アトピーの次男が使っていたものと同じものだった。次男にはまったく効かない弱いタイプの皮膚の炎症を抑える薬で、トドロッキーの足にもまったく効いてないことは一目瞭然。

「この薬、痒いとかそういうときのだよ。バイキン殺すやつじゃないよ」

「そうだろうね」

「こうなってから看護師さんには？」

「いや」

「先生には？」

「まだ」

「これ言わなきゃだめなやつだ」

あるのだ、私にもこんな感じになったこと。トドロッキーの足の見た目があのときの私の足と一緒だった。

原因は足首に止まった得体の知れない虫だった。チクッとした違和感とその後の痛痒《いたがゆ》さを放置していたら数日後に足首がなくなっていた。つまり足首が腫れて太もも化していた。脚全体だと丸太化だ。

病院に行けば脚の広範囲に毒が回っている状態だという。放っておけば最悪脚を切断することになると言われた。たかが虫で！　と仰天した。

患部を処置し、解毒の錠剤を確か二週間ほど飲んでやっと腫れがひいた。ついに元の足首が姿を現したときは、決して華奢な足首ではないのだけれど切断を逃れたシルエットがキュートに見え愛おしく思ったものだ。

体に毒が回るってのはけっこう大変な事態なのだ。

目の前のトドロッキーの左足は、あのときの私の足首と腫れ方がそっくりだった。毒的な何かが悪さしているに違いなかった。

その日トドロッキーは腫れ上がった足を四隅医師に見せた。四隅医師は傷口から菌が入ったんでしょうと言い、菌を殺すための点滴と飲み薬を二週間処方した。

トドロッキーの足の腫れは次第に引いていき快方に向かっていったが、快方と同じペースで今度はトドロッキーの腕の血管が弱っていった。あるときから点滴の薬剤の流れが極端に悪くなった。そしてついに針をも拒絶、抵抗を始めた。もういいかげんにしてくれと叫び声をあげたかのごとく。

点滴治療に無理があるような気がして、看護師を通して四隅医師に点滴をやめることはできないか聞いてはみたが、点滴じゃないということで治療は最後まで続行された。看護師が針を刺し、針の先で腕の中の血管を探る。刺せる状態の血管がそこにないとなると別の箇所を針で探る。見てるだけで痛い。腕の血管は見事に己の気配を消していた。

もう針を刺せる場所が両腕のどこにもないギリギリの状態で治療はフィニッシュ。

これが二日前のこと。

目の前のベッドで目を瞑っているトドロッキーの手の甲には点滴の針が刺さっている。手の甲ってことは腕の血管を試して刺さらなかったってことだ。

あ、そうだ。トドロッキーは血液検査もしたんだった。

何回針を刺したのやら。腹に激痛があったんだからされるがまま針を受け入れてたんだろう。

憐れトドロッキー。

病室に四隅医師がやってきて、今日のこれまでの経緯を説明してくれた。

トドロッキーはいつものように一人で車椅子を操ってラウンジで朝食をとった。八時のことである。

朝食を終えるといつも通り病室に戻り、いつも通りに洗面所で歯を磨いた。問題はその後に起こった。トイレに入ったときに急激な腹部の激痛で倒れ、トドロッキーは自らナースコールで助けを求めた。

ベッド上でも激痛は続いた。トドロッキーを囲む看護師と四隅医師。血圧の上昇は見られない。血液検査の結果も鑑《かんが》み主治医は脳梗塞の再発ではないと判断、胃潰瘍ではと見当をつけた。何らかの点滴を処方、別の病院で検査してもらうため救急搬送の手配と受け入れ要請をした。最初に受け入れ要請の連絡をしたのは海横大学病院。受け入れ可能かどうかの返事待ちとなって私に電話をかけた。これが九時のこと。

私はこの電話を受けてすぐにあれこれ済ませて家を出た。

主治医のもとには海横大学病院から受け入れ不可の連絡があった。ならばと主治医は隣町総合病院に受け入れ要請の連絡を入れたがこちらも返事待ちとなった。

この返事を待っている間にトドロッキーの状況が変わった。激痛が落ち着き、痛みが和らいだ。

　主治医はトドロッキーの症状に緊急性がなくなったと判断。救急搬送ではなく外来受診ということに変更し隣町総合病院にその旨を連絡、それでも引き続き連絡待ちとなって現在に至る。

「今日は車ですか？」

　マイカーでここに来たのかを聞かれた。トドロッキーを隣町総合病院へ連れて行くのに車で行きますかということを聞いているのは分かったが、マイカーの持ち合わせはない。

「自転車です」

　家からは片道三五分ペダルを漕ぐと着く距離。遠回りのルートしかない電車で来るよりも自転車の方が早いため、いつも自転車で来ている。

　トドロッキーに頼まれた資料本をどっさり運ぶことも多いが、重い荷物を持って電車移動するより自転車のカゴに入れてペダルを漕ぐ方が数倍楽ちん。都内の道を三五分もゆくのに、なんとその間信号は三つしかないという奇跡のルートもある。車も人もいないときには本気を出してものすごいスピードで疾風と化す。運動不足解消、ストレス発散。自転車はいろいろちょうどいい。

　もちろん今日も同様、自転車だ。

　四隅医師はちょっと不思議そうな顔を私に向け、再び聞いてきた。

「自転車ですか」

「はい」

「止みました？　雨」

朝は土砂降りだった。雨足は和らいでいるが、今もこの病室に雨が窓を叩く音が聞こえている。

「降ってますよ」

雨でもカッパを着れば自転車に乗れるんですよと教えてあげようかと思ったが、やめておいた。四隅医師に必要な情報ではなさそうだ。

「では介護タクシーをこちらで手配します」

ということは……。

「付き添うのは私だけということですか？」

まあそうだろうけど一応聞いてみた。

「そうです。紹介状を用意しますので、それを持っていってください」

ふむふむ。外来受診となると完全に私まかせなんだなと理解。すると四隅医師はこんなことを言い出した。

「ご主人、痛みは収まっているようですから、このまま様子を見るということでもいいとは思います。胃潰瘍だと思いますんでね、この処置で問題ないとは思うんですけど、どうします？」

おっと。なんだか危険な匂いが香り出した。どうなんだろうこれ。すんなり乗っていい提案ではない感じがする。考えないと。

朝、トドロッキーは大変な激痛だったのだ。今は確かに痛みが和らいでいるのかもしれないけど、激痛ってけっこうな異常事態なのでは？　専門医に診てもらうべき事態なのでは？

いやでもだ。脳外科医だから専門外だろうけども医師であるこの人が胃潰瘍だと言ってるんだし、同じ診察結果を聞くためにぐったり横たわっているトドロッキーを起こして運んでさらに疲れさせることもないのでは？

いやいや、そもそも緊急事態と判断して私を呼んだのは他ならぬこの四隅医師。今の提案は医師としてではなく病院側の人間として、ただ単にコスト削減を考えただけの話なのでは？

この病院で、気になっていたことがある。かなりコスト意識が高いということ。病院はもちろん、どこもそうなんだろうけども、なんだかあからさまな感じなのだ。

この病院に転院する際に下見に来た日のことだ。飛び入りで来たときのことではなく、正式にベッドの空きが出た連絡を受けた後に行った下見のときのこと。ソーシャルワーカーにあれこれ確認した。

「ここはリハビリテーション科だけの病院じゃないですか。入院中に耳鼻科医に診てもらいたいことがあるんですけど」と私。「そういうときはどういう手続きをとるといいんですか?」

「耳鼻科の医師はいないので、ここでは診れないんですよ」とソーシャルワーカー。

分かってますよ。さっきここの病院にいる医師が脳神経外科医や神経内科医、外科医あたりの専門医であることを聞いたばかりだ。

「外出は外出届けを出せばできるんですよね?」

「んー、医師の許可が必要なんです」

許可は出ませんよ、と言っているように聞こえる。

「外出届けを出せば、外出中に耳鼻科医に診てもらうことは可能ってことですよね?」

当然いいんだと思ってた。外出中に患者がどこに行こうと自由なはずだ。ところがソーシャルワーカーはこれにだめ出しをしてきた。

「それは難しいです。退院してからにしてください」

話が行き違っていないか? なぜ耳鼻科に行きたいのかの説明が足りてなかったのかもしれないと思い、詳しく説明した。トドロッキーは睡眠中に呼吸が止まる無呼吸症候群じゃないかと疑っていること、無呼吸症候群が脳梗塞の引き金になることもあると知ったこと、再発が心配なので無呼吸症候群かどうかを早いうちに診察してもらいたいこと、もしそうならもちろん早いうちに治療してもらいたいし、入院中にそれができればいいなと考えていること。

するとソーシャルワーカーはもう一度言った。

「退院後にしてください。入院中に患者さんがほかの病院にかかると、この病院が損をすることになるので」

フリーズした。意味が分からなかったから。どうやらここに病院の収入に関わるルールが存在するらしいことだけを理解して、それ以上の交渉はやめた。

病院業界は難解だ。患者の立場に立って個別に少しはあれこれ考えてくれてもいいような気がするが、ルールにハマらないことはやらない。分かってはいたが、こうはっきり病院が損をするからと言われると引く。

あとで調べてみれば、細々したことを排除してざっくり理解するに、健康保険の制度では、入院患者がほかの病院にかかったとき、健康保険から入院病院に入るその日の入院費用などが減額されてしまい、入院病院にとっては損になるらしい。

四隅医師が外来受診をしない提案をしてきたのは、もしかしたらそんな病院側のコスト面だけを配慮してのことなんじゃないだろうか。

うーん。

私と四隅医師が話している間もトドロッキーはベッドで目を瞑ったまま。話は聞こえてるんだろうけど、体を動かすのが辛くてじっとしているという感じだ。多分私が来ていて主治医と話していることを把握している。会話に入ってこないのは私にすべて判断はおかませしますって意向だ。

よし決めた。

「受診してきます」

四隅医師は「分かりました」とすんなり理解してくれた。内心その方がいいと思ってたのかな。

「連絡が来るまでもう少しお待ちください」

そう言って病室を出ていった。

トドロッキーがごろりと寝返りを打ち、こっちを向いて口を開いた。

「悪いね」

やっぱり聞いていたか。

早々に来てくれてありがとう、心配かけて申し訳ない、がこの言葉に含まれていることは分かっている。

「自転車?」

雨の中、自転車でお越しくださりお疲れ様でございます、の意だ。

「血、採ったんだね。一発で針入った?」

んなわけないよね、と思いつつ聞いてみた。

「いや」

やっぱり。

「二発? 三発?」

「そうだね」

もう回数もどうでもいいらしい。されるがままだったのが目に浮かぶ。

「点滴は? 点滴の針も一発じゃ入らなかったでしょ? 三発くらいいった?」

「そうだね」

憐れ。

「何かって言ったらすぐ点滴だね。とりあえず点滴しとけみたいな感じ。そんなに万能なのかな点滴」

残念ながら素人では判断がつかないが文句は言っておきたい。針を刺す必要のない何かほかの方法が開発されるといいのに。

「このまま様子見でもいいんじゃないかって言われたんだけど、別の病院で診察してもらうのでいいよね?」

一応トドロッキーの意思を確認した。

「いいよ」

人ごとのように言う。念のためもう一度確認だ。

「ド疲れると思うけど、その方がいいよね」

「診てもらった方がいいと思う」

だよね。よかった。

「じゃ、がんばろ」

これは心の中で言った。発病後、「がんばってください」的な言葉をかけられるとトドロッキーはいちいちナイーブに反応するからNGワードだ。「どうやってがんばればいいか分かんないよ」だとか「これ以上はがんばれない」だとか「がんばりようがない」だとかが口から溢《あふ》れる。私からすればトドロッキーが言うほどの意味を「がんばってください」は持っていない。

実はトドロッキー、以前から書き言葉の意味をしゃべり言葉に求めることがあって、家庭内でも若干揉《も》めることがある。言葉にこだわりがあるからこそ文筆稼業を長年やってこれたんだとは思うが、私には面倒このうえない。

「しゃべり言葉は空気感込みで意味を考えるべきもので、公式発表みたいなコメントしてるわけじゃないじゃん、ここ家だよ、いちいち突っ込まない！」

みたいなことを言って反発すると、トドロッキーはガチャガチャ言い始めた私が絶対折れないことを知っているため、早々に別の話題に切り替える。納得して引き下がったわけではないため、この対立構造は現在も続いている。

「がんばってください」の件も同様、声をかけてくださった方たちはトドロッキーに「がんばれ！」と言ってるんじゃなくて励ましたいわけで、「その真意を汲んで素直に受け取りなよ」と病室で強めに意見したこともあるが、精神的に余裕がないんだろうとも思うから、以降は意見していない。

そもそも「がんばれ」に代わる言葉があればいいのだ。「応援してるよ」的な相手の努力を強いずに自分の気持ちのみを表現し、軽くてふわっとしててそよ風のように流れていく、さら～っとした言葉がどこかにあるといいんだけど。

千田技くんが午前のリハビリテーションを終えてベッドに戻ってきた。右の麻痺手に水の入った紙コップを持ち、その水を一歩進むごとにバシャバシャこぼしながら病室に入って来た。もちろんこれもトレーニングの一環。手首での微調節ができないためコップが安定しない。一歩進むごとにコップから水がぴょんと飛び出して絨毯《じゅうたん》に着地し、染みていく様子にケラケラ笑ってる。千田技くんは私がいるのを見ると、「お？」と声をあげ、トドロッキーがまだベッドにいることを確認して目を丸くした。

「まだいたんだ！」

千田技くんとほとんど年の変わらない理学療法士は、千田技くんがベッドに腰掛けたのを見届けて病室を去って行った。

「待機中？　待ってんの？　ずっと？」

千田技くんが聞いてきた。

「そうなの」と私。

「待ってんだぁー。外来受診になったんじゃなかったっけ」

トドロッキーに起きた朝からの出来事を彼はすべて把握しているようだ。そりゃそうか、同室だ。彼は自分のリハビリテーション中にとっくに搬送されたと思ってたのだろう。ずっと受け入れ先の返事待ち状態が続いてることを説明した。

「出た出た、すぐ待たすから、ここ」

千田技くんは病院批判を普通の音量で話す。病院のスタッフがいてもいなくてもだ。というより直接スタッフに苦情をどんどん言う。でもそういう裏表がない性格と苦情を言った後すぐにケロッと笑ってたりする人懐っこさでスタッフとの関係は悪くなく、逆に人気があるくらいだ。

「ねえすごいね。コップ持って歩けるなんて！」

本当にすごいと思ったからそのまま伝えた。水が入ったコップを持ってこぼさず歩く行為を私たちは普段何気なくやっているけれども、一度完全麻痺した手でやるのはものすごく難しい。微妙な返しや肘との連携、適切な握力調節なんかができてやっとできる技。おそらく体操選手がゆかで後方伸身二回宙返り三回ひねりのH難度みたいなのをものにするに等しいはず。

千田技くんは水をこぼしながら歩いていたけど、今のトドロッキーレベルではそもそも紙コップを握れない。握るためには手を一度開かなければならないけどその開くことがまず困難。一〇分以上マッサージしないと開いてこない。だからといって、フックの形になってしまっている右手に無理やり持たせても握力の調節ができなくて握りつぶしてしまう。肘が動かないから紙コップは持ち上がらないし、手首が動かないから水平に保てず、結局水がだーっと流れ落ちてゆく。

「水もうほとんどねえ」

まだ右手に持ったままだった紙コップを千田技くんはちょっと悔しそうに覗《のぞ》き、動く左手で右手から奪いとるように掴み上げ、残った水をごくりと飲み込んでから紙コップをゴミ箱にぽいと投げ捨てた。

「すごい痛そうでさぁ、大変だったんだよ朝。外来って病院の人も一緒に行くの?」

「ううん。私たち二人だけで」

「へぇ、あんなだったのにお任せなんだ。さすがだな経費削減」

「おかげ様でデート的な外出になります」

「てか、待たされたまま今日終わりじゃね？」

「あるかな」

あるかも。

「病院はおかしいんだからいろいろ」

確かに。


待機は続いた。

私は一人、多目的ラウンジの隅で「ご自由にどうぞ」のコーヒーをすする。その一角にはデンとどでかい七夕飾りが置かれていた。

一〇日くらい前のことだったろうか。トドロッキーはサイドテーブルに置かれた短冊二枚につていてぶつぶつと言い出した。

「看護師が持って来たんだよ。飾るから書いてくださいだって。何書けっていうんだよ」

高齢者向けのレクリエーションに俺を参加させるな、ってことなんだろうし、左手で書けるようになった字はまだ、うっかりアスファルトに出ちゃって、のたうち回っているみたいなミミズ文字。そういう字を短冊に書かせるなってことなのか、あるいはナースコールの『未来予想図

Ⅱ』みたいに俺らに未来とか希望を気安く語らせるなってことなんだろうとは思うけれども、面倒なので嫌がる理由は聞かない。

「みんな何て書くんだろうね」

「知らね」

孫が元気でいられますようにとか？

「どういうつもりで持ってくるかね」

トドロッキーはぶつぶつが止まらない。

「患者さんを楽しませようと一生懸命やってくれてんじゃん。七夕飾りがロビーにあったら綺麗だし単純に。みんなは絵とか描くのかな。ほかの人の見た？」

「知らね」

トドロッキーには高齢者と一緒に七夕を楽しんじゃおうって余裕はないらしい。

その日は私と一緒に次男が見舞いに行っていたのだが、トドロッキーは次男にこれを押し付けはじめた。

「何か書いてくれ」

何も書かないってのは看護師に悪いとは思ってるのだろう。

次男は小学生だが六年になり、さすがにもう短冊に願い事を書くような年ではない。体の成長が早い方でかなり背が高く、半ズボンから出ている脚にはスネ毛も生えてきている。シルエットだけで見れば中学生。この体格にランドセルを背負って学校に通っている。

「やだ」

そうだろう。声変わりも始まっている。

「お母さん書けば」

と私に回って来た。別にいいんだけど、どうせ書くなら面白いことを書きたい。そうだ！

「私が書くことを決めるから、字だけ書いてくれない？」

と息子に提案。

「いいよ」

お、これはいいのか。面白くなってきた。

「背が高くなりますように、って書いて」

息子がくくっと笑った。ちょっとウケている。

息子はとくに思ってもいない『背が高くなりますように』を短冊に書いた。息子は体の成長とは反対に書く字は小学低学年レベルで止まっている。いい感じの仕上がりだ。よしよし。もう一枚ある。んー。

「世界平和」

「ああ」

何だか分からないが納得したようで、これも書いてくれた。幼い字で『世界平和』が綴られ、意外にも味わい深い短冊となった。

後日、飾られた『背が高くなりますように』を見た高齢の患者から、トドロッキーは「書いたの息子さん？　可愛いわねぇ」みたいな声掛けをいただいたらしい。

目の前のどデカい七夕飾りには息子の短冊がどこかに飾られているはずだ。見えている短冊には『おりひめ』だとか『ひこぼし』だとか『七夕』だとか、星のマークなんかが書かれていた。なるほど、そういうことを書くのか。やはり願い事を書く人はいないようだった。


「今日の夕食のデザート何？」

近くのテーブルから知った声が聞こえて来た。千田技くんだ。いつの間にかラウンジにやってきていた。

「ヨーグルト」

森崎くんと一緒だった。

二人は気が合うらしくよく話をしていて、連れ立ってコーヒーを飲みに来たよう。

「ヨーグルトかよ、続きすぎ。ヨーグルト、ヨーグルトってきて、まただしヨーグルト。ヨーグルトばっか」

千田技くんのぼやきが始まった。なんだかトドロッキーと似てるな性格。

「デザートじゃないから。飲み物だからヨーグルト」

「プリンはどう？　デザート？　飲み物？」

「飲み物」

「まあそうか」

二人は食べ物の話をしていることが多い。血圧コントロールのため病院食以外は食べられないから食べ物に関しての欲求不満がそれぞれ堆積している。若い人たちにはここの高齢者仕様の病院食はなかなかに酷だ。

「フルーツ入ってたらな」

森崎くんは口調がおっとりだ。

「そうなんだよ。フルーツ入ってたらまだましなのに。フルーツつけてくれればいいんだよ。フルーツつけるくらいよくね？　ちょっとでいいんだからさ。そういうとこケチってどうすんだよ。工夫がないんだよ。食事は諦めてるんだからさ、デザートはちゃんとしてくれないと」

千田技くんはお腹が空いて仕方ないらしく、ボリュームに不満があって量を増やしてほしいと看護師に延々訴えていたこともあったが、味にはもっと不満がある。

千田技くんが外泊をしてきた翌日、森崎くんにマクドナルドのハンバーガーを食べてきたことを報告していた。

「マックサイコー」

満面の笑みだった。脳梗塞患者には再発予防のための塩分コントロールが必要不可欠なことを病院スタッフから繰り返し言われる。塩分量でいけば大問題であることを理解したうえで千田技くんは食したことになる。まあ、たった一食をハンバーガーにしたところでとくに問題はないだろうけど、トドロッキーに言わせれば「怖くて俺はできない」らしい。

千田技くんの退院後の食生活が心配になって、トドロッキーに聞いたことがある。

「千田技くん、一人暮らしなんだよね?」

「そうらしい」

「退院したら食事大丈夫かな。自炊できるかな」

片麻痺でも自炊して生活している人はかなりいるが、千田技くんは自炊をやるだろうか。会社にも行くんだろうし、そうすると自炊は時間的にも体力的にも難しいんじゃないだろうか。

「マックばっか食べちゃうんじゃないかな」

心配だ。

「大丈夫だと思う。聞かれたことあるよ、宅配の弁当屋でいいとこ知らないかって」

「そうなんだ！」

栄養バランスのいい食事を宅配してくれる弁当屋ってのが最近はけっこうある。

「ちゃんと考えてるんだね」

かなり安心したが、今度はちゃんと宅配を受け取れるのかが心配になった。

一人暮らしをしているという片麻痺の男性に聞いたことがある。

「宅配便来ても持って帰っちゃうんだよお。こっちは家にいるのにさあ。ピンポーンて来てもインターフォンまで歩くのに時間かかるから帰っちゃうんだよお。インターフォン、すぐそこなんだよお？」

歩きやすくするために足につける装具は基本的に外出用だ。家では外すことになる。片麻痺では装具をつけていても機敏には動けないのだが、ましてや装具をはずしている室内となれば、動作はものすごく遅くなる。何より動き出すまでに時間がかかる。アイドリングが必要なのだ。チャイムが鳴ってすぐそこのインターフォンに出ようと思っても、やっとたどり着いて出た頃には忙しい配達員は車に戻ってしまっているというのだ。

千田技くんと森崎くんの話は続いている。

「バナナもなあ」と千田技くん。

ヨーグルトに入れるフルーツの話。

「キウイとかどう」と森崎くん。

森崎くんは病院スタッフの目を盗んで近くのコンビニに出向き、何かを食べて帰って来る。それだけ回復しているということだが、やはりのべつ腹ペコで、スイーツの新製品情報なんかにやたら詳しい。

「キウイもなあ」と千田技くん。

「いちごもなあ」

「俺はアイスだな」

森崎くん、たぶんアイスをコンビニで食べているな。

「ヨーグルトに入れんの？」

「ヨーグルトじゃなくアイスがいい」

「そりゃ断然アイスだろ。食いてえアイス。今度外出したらアイス食おう絶対」

千田技くんは森崎くんのようにスタッフの目を盗んでコンビニに行っちゃうことは考えてないらしい。外見やしゃべり方でいくと森崎くんは真面目な感じだが、実は千田技くんよりやってることはやんちゃだ。

若いといろいろ食べたいよなあ、そうだよなあ。ただ、この二人よりずっと食欲に素直だった高齢者の例を思い出した。

千田技くんも森崎くんも、病院から禁止されているものを食べているとはいえ、病院外でこっそりとだが、トドロッキーと一時期同室だった高齢の東さんは違った。東さんはベッドから車椅子への移動も介助が必要で口数も少なかった。ある日看護師によって東さんが冷蔵庫に入れていた大量のチョコレートが発見された。私は気づかなかったけど、けっこう堂々とベッドで食べていたらしい。

看護師の間では問題になっていたけど、東さんはかなり高齢で体も思うようには動かないため、節制して長寿を図るよりも好きな食べ物を食べたいときに食べる、っていう生き方を選んだのかもしれない。

気づけば聞こえてくる千田技くんと森崎くんの話題は既に変わっていた。

「暗証番号、知ってる?」

森崎くんが千田技くんに聞いている。

「知ってる」

「最新のは?」

「知ってる」

「やっぱり」森崎くんが笑う。

「盗み見なんかちょろい」

「そうなんだよ」

「暗証番号変えるの月はじめだよ」

「あ、やっぱり」

話題は屋上に出るドアの暗証番号のことだ。

「変えても丸見え。隠す気ないんじゃね?」

リハビリテーションでそのドアを使用する場合、患者を連れた状態で理学療法士が暗証番号で開錠する。

「だって俺らの目の前で解錠するしかないしね」

「鍵かけとく意味ねぇよ。一人で行ったことあんの?」

「一回。夜中行った」

森崎くんが言うと、千田技くんは声のトーンを一段上げた。

「まじ! 外出たの?」

「いや。暗証番号押さなかったわ、なんとなく」

千田技くんは笑った。「今度は俺も誘え」

「おう」

二人は笑っていた。そこに若い女性の声。

「あ、ここにいらっしゃった」

振り向くと看護師が私に話しかけていた。

「ご主人の受け入れOKが出ました。これから向かってください。介護タクシーを手配しますので、準備よろしくお願いします」

*

隣町総合病院のエントランスは人の出入りが頻繁で、奥にあるだろう診察室が混んでいることは容易に想像できた。ものすごく賑わっている病院だった。

「潮風リハビリテーション病院から連絡が入ってると思うんですが」

インフォメーションに持参した紹介状を差し出した。

スタッフは紹介状の内容を確認してから、

「そこのドアの前でお待ちください」

と、すぐ横の問診室を指して言った。言われるがまま待合ベンチでしばし待つ。トドロッキーはいつもより圧倒的に口数が少ないから体が相当辛いんだろう。がんばれよ、と心の中で声をかけた。

呼ばれて問診室に入ると、さっきインフォメーションで渡した紹介状をデスクに広げている看護師がいた。行なわれたのは、看護師が紹介状に書かれている事項をトドロッキーに一つひとつ確認していく儀式。紹介状にはこう書いてありますけど間違いないですかって質問で、どれもこれも「はい」としか答えようがない。この問診の必要性がいまいち分からないまま終了、すごろくのマス目を進むがごとく次に行く場所が指示され、いよいよ奥の診察室前の待合ロビーに移動した。

案の定の混雑していた。ずらりと並んだ椅子に空いているスペースは一つもない。

普段ならたじろぐひどい混雑ぶりだが「混んでるね〜」と余裕をぶちかましたのは、この患者たちを尻目にすぐ呼ばれて診察室に入れると思っていたからだ。だってもう随分待っている。外来診察の受け入れ申請をしてOKが出るまでかなり待った。ここまでの移動時間も含めるとかなりの時間経過がある。診察の予約をかなり前に入れているわけで、予約者は当日受付の人より優先されるわけだから、すっかりそのつもりでいた。

待合ロビーの椅子に座るスペースがなかったけれど、トドロッキーは既に車椅子に座っているから問題ない。すぐに呼ばれるのだったら待合ロビーにいた方がいいかなと思い、ちょっと邪魔になるような場所にしかスペースがなかったけれど、そこにトドロッキーの車椅子を止めて待っていた。

ところがちっとも名前が呼ばれない。見たところ、私たちの後からやってきた人たちが次々と呼ばれて診察室に入っていく。三〇分くらい待ったところで、その人たちこそがこの病院での予約者なんだと分かった。トドロッキーは予約者ではなく当日受付の患者なのだと理解した。予約者の合間に診てもらうってことだ。

別の病院で入院中の患者が紹介状を持ってやってきたところで、たとえ受け入れ可能と返事をしていたとしても、それはあくまで外来患者として来てもいいですよっていうことで、優先的に診るってことではないのだと分かった。

愕然とした。どんだけ待つんだ今日。

「まだまだだね」

トドロッキーは目をぼんやり開けた状態で頷《うなず》いた。

やばい。かなり疲れている。

「横になりたい？」

「まあね」

どうせまだまだ呼ばれない。奥まったところにある誰も座っていないベンチを見つけ、移動してトドロッキーをベンチに寝かせた。

ベッドとしては幅が猛烈に狭いけど、トドロッキーは横になると同時に瞼《まぶた》を閉じて動きもしゃべりもしなくなった。かなり辛かったらしい。

看護師の誰かに事情を話してベッドを貸して欲しいと申し出れば貸してくれそうだけど、まあいいか、トドロッキーはもうすでにベンチと一体化している。寝返りを打つ元気もなさそうだからスペース的にも大丈夫そうだ。


診察室から看護師が出てきて、トドロッキーの名を呼んだ。

ここに来て二時間が経っていた。

トドロッキーは少し奥まった廊下のベンチに相変わらず横になっていたから、看護師に少し時間をもらってゆっくりと移動し診察室に入った。

そこには座っていても背が高いのが分かる細身の中堅男性医師がいた。感じのいい医師だったが、紹介状に目を通した彼は爆弾発言を投下した。

「血液検査をしましょう」

またかよ。

いや、だめだめ血液検査は。今朝やったじゃん血液検査。またやるっておかしくないか？　あれはボロい血管に針を刺してぎりぎり採った血液だったはず。もう無理っしょ。朝やった血液検査の結果はどこに行った？　医師のデスクに広げられている紹介状を凝視すれば、それは二枚だけでいずれにも血液検査の結果は書かれていない。朝やったのに！

トドロッキーはもうどこか観念した表情で、すべて言われたままにしますよ、了解しましたって顔を医師に向けていた。朝の激痛で思考が停止したか。じゃあ私が言う。

「ここに来る前、入院してる病院で血液検査したんです」

「そうなんですか」

なるほど、やはり知らないようだ。

「その結果を見てもらうことはできませんか？」

ここのところ点滴ばかりで血管が針を受け付けなくなっていること、朝の血液検査も針がなかなか入らない中、何度も刺し直してやっと採血したものであることを説明した。

「そうですか。んー」

考えているようだがなぜ考えるのかが分からない。血液検査なんて何度もやる必要なんてないだろうに。説明したつもりができてなかったのか？　話をもっと大げさの盛り盛りにした方がよかったか。

もしかして病院間で検査結果を共有することはできないのか？　理不尽だがこの業界ならありえる。

「検査結果を共有してもらうことは可能なんですか？」

「取り寄せるとなるとまた待ってもらうことになりますけど、どうしましょう？　もうかなり待ってらっしゃるので」

トドロッキーは目を開けたまま眠っているのか無反応なため、引き続き私がしゃしゃり出た。私の意見は決まっている。血管保護の観点から刺さなくていい針はもう刺したくない。

「待ちます」

「じゃあ聞いてみましょう、取り寄せられるかどうか」医師は優しかった。「こちらで欲しい検査項目が入っていればいいんですけど、もし入ってなかった場合はやっぱりもう一度採血してもらうことになるんですが、いいですか？」

御意。トドロッキーを見るとこくりと頷いた。起きていたらしい。

医師と話がついたところで再び待合いロビーに出た。一応、改めてトドロッキーに聞いてみた。

「良かった？　またけっこう待つかも。かえって疲れるかな」

「いいよ」

細っそい声。

「また血を採られるよりいいよね。採るかもしれないけど」

「いいよ」

多分どっちでもよかったんだろうけど、だとしたら私がいいと思う方がいいのだ。

順番待ちの患者で混雑していた待合ロビーは、気づけばまばら。しかしトドロッキーが呼ばれる気配はない。もうこちらは既に順番待ちではなく、潮風リハビリテーション病院からのデータ待ちである。病院にはいろんな種類の「待ち」があるものだ。

また二時間くらい待っただろうか。診察室から看護師が出てきてトドロッキーの名を呼んだ。そして看護師はトドロッキーを診察室に入れることなくすまなそうに言った。

「入院されている病院から今朝やった血液検査の結果をいただくことができたんですけど、こちらで検査したい項目が検査されてなかったんです。血液検査をもう一度していただきたいんですけど、いいですか？」

「はい」

そういう約束だ。また細いベンチで横になっていたトドロッキーはむっくり体を起こし、車椅子に乗り込みながら看護師から採血室への行き方と、ＣＴ室での検査についても説明を受けた。少し体力が回復してきたようだ。

採血担当の看護師には針が血管に入りづらくなっていることを伝えた。看護師は時間をかけて血管を吟味し、なんと彼女、一発で決めた。すごい。

「ぐだぐだ言わないですぐ採血すればよかったかな」

「いいよこれで」

まあいいか。

再び検査結果待ちだ。もう待合ロビーには人はいない。トドロッキーはロビー真ん中のベンチに横になった。

「ねえ」

潮風リハビリテーション病院のラウンジで千田技くんと森崎くんの会話を耳にしたときからずっと気になってたことを聞いてみることにした。

「病院の屋上、あるじゃん、リハビリ病院の」

「ああ」

「リハビリ用の歩くコースがあるトコ」

「うん」

「けっこう使う?」

「まだ二回」

「そんだけ?」

「天気いい日じゃないと使えないしね。風吹いててもだめだし。君も一緒に行ったとき、あれが二回目。あれから行ってないな」

「もっと行きたい？　気持ちよかったよね、屋上」

「外の歩道の方がいいな。歩道の方が歩くの難しいからリハビリになる」

へー。

「屋上に出るところのドアのさ、オートロックの。番号知ってる？」

聞きたかったのはこれだ。

「知らない。あれスタッフが押すから」

「横にいるんだから丸見えじゃん」

「丸見えだっけ」

「スタッフは隠して押してたりしないでしょ？」

「隠す方が逆に難しいね」

「丸見えでしょ？」

「見ようと思えばね」

「見た？　番号覚えた？」

「いやあ」

「知りたい？」

「別に」

ふうんと、なるべくそっけなく、ただなんとなく聞いてみたって感じを装ってこの話題を終了させた。興味がないようでホッとした。

確認したかったのは自殺したい気持ちを抱えているのかどうかだ。千田技くんと森崎くんは二人とも暗証番号を知っていると言っていた。暗証番号が分かっていれば夜中でも屋上に出ることができる。出ることができたら飛びたいときに飛ぶことができる。そのことを前提に二人は話していたのだ。

いつだったか病室で森崎くんと千田技くんがこんなことを笑いながら話していた。

「再発したら、俺飛ぶね」

森崎くんだ。

「だよなあ。ははは」

千田技くんも同意した。

二人とも独身で働き盛り、人生これからの人。冗談だって感じで言っていたけれど、そうやって笑って口にすることで絶望のガス抜きをし合っていた。

トドロッキーのガス抜きはといえば、ベッドサイドのテーブルに車椅子で座り、ノートパソコンのキーを左手の二本指でぽちぽちやって文章を綴る作業なんだと思う。ちゃんとガス抜きはされているようで安心した。

看護師が出て来た。

「疲れたでしょう。ベッドで横になりますか？　診察室のベッドなんですけど使っていただいて大丈夫ですよ。検査結果が出るまでもう少し待ってもらうことになるのでよければどうぞ」

待合ロビーのベンチに横になっていたことで、強烈にアピールしていたらしい。トドロッキーはといえば身体を起こしベッドに移る気満々だ。

「ありがとうございます。そうさせていただきます」

トドロッキーの代わりにちゃんとお礼を言って、案内された誰もいない診察室に入った。

ベッドに横になったトドロッキーがむふふと笑った。

「いいねベッド」

診察室のベッドだからベッドとしては狭くて小さいけれど、清潔なシーツがかかってて肌触りがよく、ベンチよりうんと寝心地がいいらしい。

「言ったらきっともっと早くベッド貸してくれたよ」

「まあいいよ」

「お茶飲む？」

ついさっき病院の購買で買ってきたペットボトルを差し出すと、奥からさっきの看護師がすぐ顔を出した。近くにいて会話が耳に入ったらしい。

「ちょっと待ってくださいい飲むの。医師に聞いて来ますね。だめかもしれないので」

ん？　お茶がだめ？

「お水なら大丈夫ですか？」

水を飲んじゃいけないなんてことはないだろうと聞いてみると、それもだめだという。水分をとっちゃいけない病気が疑われていることをここで知った。そんなのあるんだ。

「じゃあおにぎりはどうですか？」

飲み物がだめなら食べ物もだろうけど一応聞いてみる。もうお昼どきをとっくに過ぎていて小腹が空いたため一緒におにぎりも買っていた。

「そうですね、ちょっと食べないでいてください。聞いてきます」

看護師はそう言って奥へと戻っていった。

「食べなよ。俺はいいから」

トドロッキーが言う。そもそもお腹は空いていないらしい。

「そだね」

食べられないトドロッキーの目の前でおにぎりを遠慮なくいただくことにした。こういうときは食べることにしている。トドロッキーが食べられないからといってトドロッキーの前で食べるの控えるとかいう遠慮はしない。私まで倒れるわけにはいかないので、自分の身体を一番に考えて食べるときはちゃんと食べる、寝るときもちゃんと寝るを意識してやっている。で、このことをトドロッキーも理解している。

看護師が戻ってきて顔を出した。今日イチ素早いレスポンス。

「先生に確認したんですけど、やっぱりお水も食べ物もとらないでくださいということです。結果次第で大丈夫にはなるとは思うんですけど、今はまだ」

「彼女はここで食べてもいいですか？」

トドロッキーが返事した。もう私はおにぎりの包装を剥《む》きかけていたけれど。

「それは大丈夫です。どうぞ」

看護師はそう言ってまた奥に戻っていった。

トドロッキーの腹の痛みが治まったのは快方に向かっているからということではなく、小休止状態ということなのだろう。お茶とかおにぎりでまた活動しだすということなら、痛みの原因には生き物的存在感が漂う。どうやら飲食で活発になる非常にやっかいなやつらしい。

さて、私はおにぎりをおいしくいただこう。

「お待たせしました」

医師が新たに行なった血液検査の結果を手に診察室に入って来た。

「そのままでいいですよ」

と横になっているトドロッキーを気遣って声をかけてくれたが、トドロッキーは起き上がってベッドの縁に座り、医師の方を向いた。

「何度も血液検査すみませんでしたね。朝された血液検査では僕が見たかった項目が検査されてなかったものでね。この項目なんですけど」

内科医は検査結果の表のひとマスに示された数字をペンで囲んだ。

「やはり胆嚢炎《たんのうえん》ですね」

「胆嚢炎？」

「食事の一時間くらい後で激痛がくるっていうのは胆嚢炎の特徴なんです」

何だそれ。潮風リハビリテーション病院の四隅医師は胃潰瘍だと自分の見立てをわりと自信たっぷりに言ってたのだが。やはり専門外だと分からないもんなんだなあ。

で、胆嚢炎て？

「胆石がけっこうあったんですね。これが悪さしたんです。胆石はさらさらと移動するんです。何かの拍子に胆石が胆嚢の出口に集まって来ちゃって激痛が起きたんですね。これはものを食べたり飲んだりすると痛みが出るんです」

ほお。トドロッキーの足の指をパンパンにしたバイキンが去ったと思ったらすぐに胆石が悪さしにやってきたわけだ。残念トドロッキー。

「それは薬で治るものなんですか？」

胆嚢炎の知識がゼロのため一から教えてもらいたい。

「それなんですがね。多いんです、胆石。少なければ薬でもいいんですけど、これくらい多くなると焼け石に水ですね」

そうなのか。医師は続ける。

「手術した方がいいとは思います。胆嚢を取るということですね。胆嚢は取ってもとくに体に影響はないのでこういう場合は取ってしまうのがいいかなと思います」

おっと、けっこう大変な事態なのでは？　トドロッキーは無表情でただ聞いている。こっちはいろいろと分からない。何から聞けばいいんだ？

「手術ってことはこちらに入院して手術するってことですよね？」

「手術となるとそうですね。ただね、今リハビリテーション病院に入院されてるんですもんね。手術でこちらに一時期入院となると今せっかく受けているリハビリが止まってしまうのでね。もったいないですよね」

すごい！　分かってらっしゃる！　この医師に対しての信用度がぎゅーんとアップした。

「そうなんです！　リハビリを継続したままで手術が受けられるのならありがたいです」

返答はすべて私だ。トドロッキーはひたすら無表情で事の成り行きを見守っている。

「ですよね。ここの病院にリハビリテーション科はあることはあるんですけど、急性期の病院なんで今受けられてるようなリハビリはできないんですね」

分かります、急性期って用語も、急性期の病院が提供するリハビリテーションの内容も知ってるのでおっしゃってることは完璧分かります！

「んー」と医師、しばし考えてから「今痛みは収まっているようなのでね、入院されている病院に戻られて様子を見てみましょうか。このまま痛みが収まっていればまあ問題はないので」

「また痛みが出るということですか？」

「出るでしょうね。胆石が多いですからね。ただすぐ痛みが出るかしばらく出ないかは何とも言えません。このあと夕食を食べてまた痛みが出る可能性もありますけど、出ないかもしれないし。次痛みが出たら手術して胆嚢を取った方がいいですけど、出なくても取った方がいいと思いますね。今の病院を退院するまで痛みが出なかったら、退院後にお近くの病院で改めてご相談されるといいかと」

「そうします！」

トドロッキーに相談しないで決めているが、トドロッキーを見るとそれでよさそうだ。

「薬もね、まあ、飲んだ方がいいのかな、処方箋を出しておきます」

「効かないんですよね？」

「あまり効かないでしょうね。気休めですね」

「飲まなくてもいいってことですか？」

「飲まないよりは飲んでおいた方がいいっていう程度ですかね」

そんな程度なら私だったら飲まないな。それでなくても山のような薬を飲んでいる。またさらに増えるなんて。

「どうする？」

トドロッキーに聞いた。

「飲むよ」

ほお。

「では出しましょう。今日の夕食も量を減らした方がいいと思います。それらをまとめた書類を作りますので、それを持ってお帰りください」

「ありがとうございます！」

医師は去っていった。

トドロッキーの腹の中にいる食べ物で悪さを始める未確認生物の正体は胆石だった。胆嚢内をさらさらと気ままに移動しているらしい。でもまあ血管を詰まらせたラスボス脳梗塞に比べれば胆石なんかほんのモブだ。とりあえず騙し騙しの感じでモブ胆石とうまく付き合っていければいいのだが。

「増えちゃったよ、薬」

「いいよ」

「来てよかったね。来てなかったら見当違いの薬出されてたかもだ」

「そうだね」

相変わらず人ごとみたいな返事だが。

「今日のリハビリができなかったのがイタいな」

もう既に夕刻。病院に戻ってから受けられるリハビリテーションはない。体調不良などでその日のリハビリテーションが受けられなかったとしても、翌日に繰り越しできるシステムもない。少しでもリハビリを休みたくないトドロッキーはこれが残念だったようだ。

会計でお金を支払う必要はなかった。

書類を待っている間、私は介護タクシーに連絡するかどうか迷った。ここまで送ってくれた介護タクシーの運転手の電話番号は受け取っている。運転手は昼前に一件入っているがトドロッキーの診察が終わる頃にはその件は終わっているはずだから対応できると思うと言っていた。私から連絡が入るとすれば昼頃だろうと想定しての話。でも今はもう夕方だ、別件対応中でもおかしくない。

そう考えているうちに介護タクシーじゃなくてもいいような気がしてきた。トドロッキーは自分で車椅子からベッドに移れるし、トイレだって一人で行って問題ない。車椅子のまま乗り込む介護タクシーじゃなく、トイレの便座に腰掛けるみたいな感じで普通のタクシーに乗り込むことができるんじゃないだろうか。

トドロッキーを見ればスマホで「胆嚢炎」を調べている。診断されてからこれまでの間ずっと検索していて、ある程度の知識を得たようだった。

「どお、タクシー、チャレンジしてみる？」

「やってみるか」

提案に乗ってきた。今日イチ前向きな返事。いい感じ。

書類を受け取り、玄関前に停まっていたタクシーに乗り込んでみれば、なんなくやれた。車椅子はトランクに積んでもらった。介護タクシーじゃなくても大丈夫。ちょっと機能回復が進んだように思えて嬉しかった。

「時間かかったんですかー?」

「遅かったですね」

「混んでました?」

潮風リハビリテーション病院に戻りトドロッキーの病室の階でエレベーターを降りると、目の前のスタッフステーションにいた看護師数人が口々に「帰って来た!」と駆け寄ってきた。心配されていたらしい。一度病院に状況連絡を入れておくべきだったと反省した。

「すみません」と私。

「どうやって帰って来たんですか?」と看護師。

「タクシーで」

「そうだったんですか。連絡あるかと思って待ってたんですけど」

そう声をかけてきたのは行きにお世話になった介護タクシーの運転手だった。ここで連絡を待っていたようだった。帰りも予約していたことになっていたのだろうか? そういうきっちりした約束だった認識はなかったけれど、だったら申し訳ないことをした。

「すみません」

「どうでした」

四隅医師もやってきた。

「胆嚢炎と言われました」

先の隣町総合病院で受け取った書類を渡すと四隅医師はその場で封を切って中を確認しながら呟いた。

「胆嚢炎か……」

病室に戻れば千田技くんが看護師に文句を言っている最中だった。看護師はその場にしゃがみこんでいる。

「足りないんだよね」

ああ、また食事のことだね。

「おかゆにすれば量が増えるんだけど、おかゆにするっていうのは?」

看護師の姿勢から、もうすでにかなり長い間千田技くんの文句を聞かされていることが分かる。

「前もやったけどすぐ腹へるから。おかゆはない。ほかに方法ないのかな」

淡々と文句を言い続ける千田技くん。口調にキツさはない。

「バランスがあるからどれかを増やすってことはできないのよ」

看護師はこのことを何度も言っている。

「全体増やしてもらってかまわないんだけど」

「そうするとカロリーが増えちゃうから」

「分かってるけどさ。足りないんだよね」

「ごはんをちょっと増やすくらいならできるんだよ」

「ちょっとってほんのちょっとじゃん。それにおかずもないとメシ食えないもんね、まずいもんメシ」

「でもそのくらいの対応しかできないもの、申し訳ないけど」

「メシだけ増えてもなあ」

「でも足りないんでしょう?」

「足りないわけ」

「どれくらい増やせるか相談してみるけど」

「メシだけか。まあいいや、それで」

「じゃ、そういうことで」

看護師は立ち上がるが、

「でもメシだけかあ」

千田技くんはしぶとい。

千田技くんの文句から解放されて看護師はほっとしているかと思いきや、看護師は朗らかな表情で病室を出て行った。看護師にとっては休憩時間みたいなものだったのかもしれない。

千田技くんはベッドに戻ったトドロッキーににっこり笑い「長かったねー」と声をかけた。トドロッキーは得たばかりの知識で千田技くんに簡単に胆嚢炎の説明を始めた。

家に帰ると息子たちは家にいた。

「病院行ってた？」

「うん。朝、お父さんがお腹痛がってるって病院から電話きてさあ。でも大丈夫だった。ちょっとお、そこの馬糞、片付けて！」

息子たちが床のあちこちに脱ぎ捨てたままにしている靴下だの着替えた後の汗臭いTシャツだのを私は馬糞と呼んでいる。

「うぃっす」

すぐには片付ける気はないという怠惰丸出しのペラペラな返事。いつものやつだ。

その後、少量の夕食を食べたトドロッキーから、しばらく様子をみたあたりでメールが来た。

「大丈夫です」

後日談だが、結局この後、入院中に痛みが出ることはなかった。退院後、アドバイスされた通り胆嚢炎を近所の病院で診てもらった。隣町総合病院の医師と同じことを言われ、手術で取ってもいいし、次の痛みが出るまで様子見でもいいでしょう、ということになり、後者を選択。さらに三年後、胆嚢炎を調べてもらったら、なんと胆石がなくなっているということだった。

結果、手術をしなくて良かったのだが、やっぱり体って不思議、医師が想定しなかったいいことも起こり得るってことだ。

トドロッキー（轟夕起夫）が病室で書いたコラム原稿より

目で聴くラジオ《トドロッキー・ア・ゴーゴー》

サザンオールスターズの名付け親・宮治淳一の正統派ＤＪプログラム

全国の皆さーん、グッドモ～ニング！　グッドアフタヌーン、も一つおまけにグッドイブニング!!　さあついに始まりましたよ、日本初、いやおそらくは世界初の試みが。ざっくり説明しますと、今聴くべきラジオ番組をご紹介――しかもその文章自体が「読むラジオ」になっており、皆さんの頭の中で〝音が鳴る〟ようチューニングしてもらうというリスナーならぬ読者参加型の、もとい、早い話が読者に頼りっきりのラジオごっこなんであります。

と、すっかり申し遅れました。わたくしは当番組のＤＪトドロッキー。冒頭、オープニングの挨拶は皆さんがいつ、この〝紙上放送〟と出会い、接するのか分からないのでとりあえず朝昼夜、オールタイム対応仕様にしてみましたです、ハイ。

ではではさっそく本題に。栄えある第1回を飾るのは、土曜21時からオンエアされている『宮治淳一のラジオ名盤アワー』。タイトルで謳っているとおりに、老舗の放送局、ラジオ日本のレコード室に眠る厖大なアナログ盤、お宝音源をひたすらかけまくる充実の30分で、知る人ぞ知る洋楽のレア曲が流れるんですけどこれがめちゃくちゃ心地よい！

絶対的な真理である「レコードはかけなければ音が出ない」を実践するのは、〝日本一のレコード大好き男〟と自ら名乗るＤＪ、ラジオパーソナリティというよりも昔ながらのディスクジョッキーと呼びたい宮治さん。１９５５年生まれです。てえことはボクより8歳年上。神奈川県茅ヶ崎市の出身。宮治さんといえば、かの桑田佳祐さんとは小、中学と同級生で、何を隠そう〝サザンオールスターズ〟の名付けの親。この命名時のエピソードがまた面白いんですけどね、それは各自調べてもらうとして、実はわたくしめも高校まで茅ヶ崎に住んでいたんですよ〜。

そういえば、中3のときのボクの担任は豊田、通称・豊センといいまして、「桑田は前の学校の教え子だったんだよ」が口癖だったなあ。どうしてるんだろうか、豊セン……。

おっと、すっかり脱線しちゃいました。ではここでちょいとブレイクを。一曲おかけしましょう。サザンオールスターズで『勝手にシンドバッド』

♬

（曲が終わったという体で）ハイ、ボクがちょうど中3の頃、ちまたでヒットしたサザンのデビュー曲であります。宮治さんの番組ではサザンはかかることなく、英米のグッドミュージックが次から次にセレクトされていきます。とにかく音楽中心で解説は簡潔。宮治さん、いい声です。〝マイクに乗りやすい声〟なんです。もとはレコード会社の一介の社員なのに！「当時はこんな曲も日本盤のシングルが出ていたんですね」とたびたび驚き、「これをかけるのは山下達郎さんくらい」と全国の洋楽マニアへの目配せも。共に大のレコードバカ同士……失礼っ、その選曲のハイセンスぶりは日曜の昼下がり、TOKYO FMの長寿ラジオ番組、〝サンソン〟こと達郎さんの『サンデー・ソングブック』と双璧！

宮治さんの〈棚から大発見コーナー〉という企画名は、達郎さんが自分のライブラリーからレコードをチョイスしてくる〈棚から一つかみ〉にインスパイアされたものなのかも。当然二人は知己の間柄。番組の締め方を比べてみると達郎さんは「来週もセイムタイム セイムチャンネルで皆さんごきげんよう、さようなら」。宮治さんは「ごきげんよう、さようなら、バイバイ」。現在、NHK連続テレビ小説『花子とアン』で、語りの美輪明宏さんが毎度「ごきげんよう、さようなら」と締め括っておりますが、単に偶然か。それとも宮治さん、こっちも意識しているのか？

ともかく、ラジオ番組はいつ終了するか分からない儚い命なので急いで聴くべし。だからこの〝紙上放送〟の締めの決め言葉は「善は急げ、悪も急げ！」。んじゃあまたね～。

雑誌「アクチュール」2014年7月号（キネマ旬報社）掲載

第5章

現役世代の仕事復帰に必要なリハビリテーション

〜夫は〝打ち上げ花火チャレンジ〟決行

難しい脳疾患を持つ子どもの手術とその後のリハビリを含めたケアに尽力されている、小児脳神経外科の医師にインタビューさせていただく機会があった。医師は麻痺のある子どもたちの能力を引き出すため、常識的には無茶だとされるような体験をさせ、ときに批判を浴びることもある。でもこのやり方が功を奏しているケースが多々あることは、医師に子どもを長年ケアしてもらっている保護者さんたちへのインタビューでも分かったし、実際に子どもたちにも会ってこの目で確認もした。

医師はインタビューの中でこんなことを言っていた。

「子どもってのは行動を制限されていると身体機能が伸びないですね。麻痺を持つ子も同じです。身を守る動きができないからとか、菌に感染するかららって過剰に保護すると本来伸びるべき能力は伸びないです。チャレンジしていかないと子どもの能力は出てこない。動けない子もある程度動かしてやると筋肉が反応して抵抗しようとするから、そこで動きが出てくる。想定してないことを起こしてやることが大事です。それを乗り越えて能力は引き出される。やれるんです。能力はある。刺激して、それをどううまく引き出してやるかです」

小児脳神経外科医が言う、常識的には無茶だとされる刺激っていうのは子どもたちがみんな成長過程で経験するようなことだ。ざっくり言えば外気の中で遊ばせたり、プール遊びさせたりというようなこと。麻痺があるから、疾患を抱えているからと過剰に保護するより、子どもらしい活動をさせてやることで能力が伸び、抵抗力がつき、麻痺が改善したりもする、と言う。

インタビューはトドロッキーの退院後にさせてもらったのだけれど、この方法論はトドロッキーのような大人にも十分有効だと感じた。子どもの脳は学びの速度がハンパないけれど、大人の脳だって十分学ぶ。だから高齢者だってリハビリテーションが成立するわけなんだし。

トドロッキーは段階的に取り組むリハビリテーションを受けているが、ときに体がびっくりするような無茶、つまり発病しなかったら普通にやっていただろうことにチャレンジしてみることは有効だってことだ。

で、振り返ってみれば、入院中の原稿書きはこのチャレンジに相当することだったように思う。そしてもう一つ、歩きに関しての大きなチャレンジが退院前にあったのだが、あれも多分いい効果をトドロッキーにもたらしたんじゃないかと思う。

千田技くんが退院し、森崎くんも退院して病室内で一番若いのがトドロッキーとなった頃、退院まであと一ヶ月となり外泊ができるようになった。つまり一泊の帰宅訓練だ。

トドロッキーの機能回復の程度はというと、杖をついてゆっくり歩けるようになり車椅子は必要なくなった。腕の痙縮《けいしゅく》はあまり良くならず、肘と手首は曲がったまま。手のひらも軽いグーの状態だが、人差し指がほんの少しだけ動くようになった。滑舌もちょっと良くなったように思う。ちなみにこの頃になると体重が発病当時より三〇キロ落ちたことで血圧も下がった。

一回目の帰宅で、時間をかけてゆっくり行けば、わりと問題なく外を一人で歩けることが分かった。

二回目を迎えるにあたって、せっかくだから楽しいことをしてみるのはどうかとトドロッキーに提案してみた。

「花火見に行かない？」

ほぼ毎年見に行っている、家からとても行きやすい場所で開催される中規模の花火大会がある。トドロッキーをこれに誘った。

「花火！」

トドロッキーは分かりやすく面食らっていた。

中規模とはいえさすがに花火大会、人出がすごい。花火を夜空にでっかく見ようとすればギュウギュウの人波に乗って歩かねばならず、これはトドロッキーには無理だ。マイペースで歩けるくらいのところで見るとなると打ち上げ場所から少し離れたあたりだが、そこで十分。帰りの電車は通勤時くらい混雑するが、のんびり時間を潰して乗り込めばこれも問題ないだろうと踏んだ。

「問題はさ、駅からけっこう歩くことなんだよね。あと坂道。行きは下り坂で、帰りは上り坂……」

けっこうな勾配ではある。

「タクシーに乗るにしても、会場近くは通行止めだし拾えないだろうから、やっぱり駅くらいまでは歩かないとなんないね。あと、土手の上り下りもあるか。でも階段あるし。シートには座れないだろうけど椅子なら大丈夫じゃない？　行くならアウトドア用の椅子でも持ってけばいいんだと思うんだよね。どお？　やってみる？」

「花火かあ」

無理だよと笑ってたけれど、せっかく生き延びたんだし、長い入院生活を耐えてきたんだから何か楽しいことしよう。花火どう？　みたいなことを言っているうちにトドロッキーは次第にその気になりだした。

「行けるかなあ」

行けるに決まってる。脱水症状に気をつけながらゆっくり歩けばいい。水も荷物も全部私が持つ。

「途中でだめだと思ったら引き返せばいいんじゃない？　結構歩くことになるけど夜の散歩だと思ってさ」

家族で行き慣れてる花火大会だ。どこの駅で降りて、どれくらいの坂をゆけばどのあたりに着くか、そこはどのくらいの人出か、路面状況がどんな感じか、電車の混み具合もタクシーが拾えそうかどうかってのもトドロッキーは分かっている。

「トイレどうかな」

そうだった、トイレ問題はトドロッキーには大問題。もよおすと長い間我慢はできない。

「会場にもあるけど並んでるかな。駅で行っとく、だね」

やめとくって言うのかな、と思ったそのとき。

「行ってみようかな」

お。トドロッキーの中で花火がトイレに勝ったみたいだ。よく言ったトドロッキー。

息子たちも誘ってみれば一緒に行くという。やった、椅子持ち人員確保だ。かくして、トドロッキーの発病前もあまりなかった家族四人全員揃ってのお出かけ敢行。

結論から言えば、やれたし楽しかった。息子たちは夏休みに入っていてもう終盤、予定になかった家族旅行に行けちゃったくらいのイベントとなった。

目的地までは時間をかけて行った。土手の階段は暗くて足元が見えにくかったが奇跡的に手すりが付いていたため、トドロッキーは一人で乗り切った。できるだけ周囲の人の邪魔にならないような場所を選んでトドロッキー用の椅子をセット。その横に私と息子二人が座るシートを広げた。

花火は始まりから終わりまで堪能することができた。

帰りは人波を避けて、どこかで時間を潰して混雑した電車を回避しようかと思ったが、これには及ばなかった。トドロッキーは帰路の薄暗い上り坂を一歩一歩慎重に、集中の面持ちで、ものすごく時間をかけてゆっくり歩いたが、おかげで歩いているうちに人波は引いていき、駅にたどり着いたときには電車の混雑もなくなっていた。

上り坂をゆくトドロッキーはかなりキツそうで、もう少し歩きが回復してからの方がよかったのかなと一人反省し、どこかに空車のタクシーが流れていないかとずっと探していた。けれどさすがになかなか見あたらない。

やがて人波が引いた頃に現れ始めたけれど、父親の超スロー歩行に合わせて一緒に歩く息子たちの様子を見ているうちにタクシーを止めることに躊躇《ためら》いが出てきた。

「どうする?」

トドロッキーに聞いてみれば、

「大丈夫」

このまま歩くことを選択した。

徒歩と電車での帰宅をやり遂げたトドロッキーは感慨深そうに言った。

「また花火が見れるなんて思ってなかったよ。もう無理だと思ってた」

それからばたりとベッドに横になるや、すぐに深い眠りについた。

翌日病院に戻ったトドロッキーが理学療法士に報告すると、「花火行ったんですか！　よく行けましたね！」とものすごく驚かれたそうだ。

この経験でトドロッキーは大きな自信を得た。長い距離を歩くことや遠くに出かけることへの恐怖が薄らいだようだったし、さらに違うチャレンジをするきっかけにもなった。

退院後は飛行機に乗って取材に出かけることにもチャレンジし、やり遂げることができたのもこの経験がステップになったからだと思う。飛行機のときは杖を使っていたが、その後杖なし歩行にチャレンジした。初めて杖なしで取材に出かけた日は転倒の怖れからかなり緊張していたが、これもやり遂げることができ、その後ずっと杖なしでなんとか歩けている。

チャレンジはその後の可能性を拓《ひら》くためのステップなんだと強く思う。子どもの成長と同じ。いい連鎖をしていったんじゃないだろうか。

＊

「退院後は元いた病院に戻って薬を処方してもらうことになります」

トドロッキーの退院後、今飲んでいる薬の処方箋をもらう病院はどうなるのかについてソーシヤルワーカーがこう言った。

元いた病院て、坂の上脳神経外科病院だ。行きたくないです、絶対。

「決まりなんですか？」

そんなわけないよね。

「ほとんどの場合、そうですね」

ほら別の病院でもいいわけだ。

「元いた病院には行きたくないので、別の病院にします！」

宣言した。

「考えている病院はあるんですか？」

「ないです」

これから薬を出してもらう病院と、それとは別にどこでリハビリテーションを受けるかについて具体的に考えて結論を出す時期となった。

私的に決めていることが二つあった。

一つは前にいた坂の上脳神経外科にはもう二度と行かないということ、もう一つはあくまで機能回復目的のリハビリテーションをやってくれる施設でリハビリを続けていく、ということ。

トドロッキーに認められている回復期リハビリテーション病院入院期間は最長一八〇日。根拠は、トドロッキーのような脳卒中患者については、リハビリテーションの効果があるのは発病後六ヶ月間のみとされているからだ。六ヶ月を過ぎるともう機能回復しないから回復用のリハビリテーションをする必要がないということ。だから退院後は「維持期リハビリテーション」を受けてください、となっている。その名の通り、回復期リハビリテーションの成果を維持することが目的だ。

このシステムに乗っていくことに大いに悩んだ。急性期リハビリテーションから回復期リハビリテーションに移行するときは病院のアドバイス通りに頷《うなず》いていれば、ベルトコンベア式に誘導されて手続きが終わることを経験した。とてもありがたいシステムではある。

今回の転院もソーシャルワーカーがアドバイスから手続きまでしてくれるわけだが、前回、回復期リハビリテーションに移行することがトドロッキーにとって大切で必要なことだと感じていたのに対し、今ここで維持期リハビリテーションに移行することには抵抗があった。大前提として、六ヶ月を過ぎてもリハビリテーションによって機能回復はするからだ。

実感として確かにこの六ヶ月間はリハビリテーション効果は高かった。でもまだ緩《ゆる》やかながら機能回復は進んでいたし、以降も少しずつ回復していく可能性は多くの専門家によって語られている。促されるまま機能回復を終了してしまうのはもったいない。

さて、ここらあたりの話は非常にややこしい。

ややこしさの原因が、当時、制度改正へのいわば移行準備期間にあったからだ。

当時と五年後の現在では、回復期リハビリテーション病院退院後のリハビリテーションについて、保険適用の制度に違いがある。二〇一九年四月から新制度が適用となったわけだが、当時は新制度の大枠は出ていたものの詳細が検討中の状況にあり、新制度への移行時期も揺れていた。

大枠とは、リハビリテーション病院の退院を機に患者は医療保険から介護保険に移行する、というもの。行政的には介護保険利用を強く促したいため、病院からもこの路線を提示された。

介護保険利用でリハビリテーションを受けるには、デイサービスを提供しているような施設に行くことになる。デイサービス施設の何が問題かといえば、それまでとは様子が一変、およそ高齢者向けの仕様だからだ。仕事復帰を視野に入れて、もっともっと回復するためにガシガシとリハビリテーションを受けたい人たちが利用したいと思える環境とは言い難い。

ただ、当時は移行準備期間であり、退院後も引き続き医療保険でリハビリテーションを受ける選択肢もあった。

医療保険利用が可能となれば、リハビリテーション科のある病院で回復期リハビリテーションを受けることができる。

ただし、希望すれば受けられる感じでもなく、受け入れてもらえるところを探す作業が必要だった。

ちなみに新制度の概要はこのようになっている。要介護、要支援の認定を受けた人は、医療保険から介護保険へ完全移行。ただし医師が必要と判断する場合などは、医療保険でのリハビリテーションが継続可能、と。

現在も当時も変わらないのは、医療保険や介護保険を利用しないで自費で受ける方法もあることだ。自費ならば機能回復のためのリハビリテーションを提供している施設の選択肢は広がり気に入ったところを選べるが、家計的には俄然キビシくなる。

ってことで、自費は最終選択肢とし、まずは医療保険利用の道を探った。

一つは、引き続きこの潮風リハビリテーション病院に通院してリハビリテーションを受けるという手。ただし数ヶ月で終了となり、その後はやはりデイサービス的な施設に移らなければならず問題が先送りになるだけ。せめてもう少し長く通えるいいところはないかということで、二つ目の手、受け入れてもらえるところを探すため、再びアポなしの飛び込み見学をやることにした。

そう決めてからトドロッキーに一応聞いた。きっと私と同じ意見、確認のつもりだった。まずは薬をもらうために通う病院について。

「とりあえず坂の上脳神経外科には戻りたくないじゃん?」

ところがなんとトドロッキーは違ったのだった。

「俺はあそこでもいいよ」

え〜！　嘘だ！

「退院したらリハビリの成果を報告しに行こうかなと思ってた」

本気らしい。

「私はもう行きたくないよ、ってか絶対行かない二度と！　近くも通りたくないし目にしたくもない。行くなら一人で行ってね、付いていかないから」

トドロッキーは私の拒絶ぶりを見て笑った。

「いいよ」

「何で？　怖くないの？」

「会いたくない人もいるけど」

「記憶がなくなっちゃってるんだよ、それ」

実際、発病後数週間の出来事は、ちゃんと記憶できてないようでけっこう抜けている。

「食事はうまかったよ。ここよりあっちの方が食事はうまかった。味、全然違うんだよな。あっちは病院で作ってたみたいだし。ここのはどっかの業者が作ってんじゃないかな。あんまりコストかけてない味だよ」

「そうなんだ」

初めて聞いた。っていうか薬出してもらうだけなのに食事は関係ないんだけど。

そう言えば坂の上脳神経外科の一倉医師が自慢してたのを思い出した。

「ここねえ、食事はけっこうこだわってるんですよ。塩分を抑えてもちゃんとうまみを感じられるようにいろいろ工夫してるんです」

あれは本当に自慢してたんだなあ。私は食べてないから分からないけど、見た目はここよりずっと家庭料理的な仕上がりではあった。

確かにあの病院、嫌な思い出ばかりじゃない。一倉医師はじめ感謝している人たちもたくさんいる。

「でもさ、あそこをかかり付けにしちゃうと、もし再発したらまたあそこに入院することになるよ?」

「そうだね」

「いいの?」

「まかせるよ」

考えるのを早くも放棄した。

「またあそこに入院してもいいってこと?　いや?」

ここはちゃんと自分の意見を言って欲しい。大事なことだ。頭のリハビリでもあるからしつこく聞く。

「まあね」

「またあそこに入院したい？　別のとこがいい？」

「別の方がいいか」

よし。次。

「リハビリはどこでする？」

「俺はここでいいけど」

「遠くない？」

「来ることもリハビリだと思えば」

「ほかのとこのリハビリも見てみたくない？　通うのに無理のないトコ探してみるから。良さそうなところがあったら外泊のときに一緒に見に行こう」

「分かった」

私が行くと言い始めたら行くなと言ってもきかないのをトドロッキーは知っている。だからこう言うしかないんだろうけど。

早速、病院見学を開始。

事前にネットで調べて、まず四ヶ所のリハビリテーション施設に行ってみることにした。介護保険の通所リハビリテーション、つまりデイケアをやっている小規模病院と、自費だけどもマンツーマンでリハビリテーションをやってくれる近所のスポーツ整形外科、医療保険利用狙いで大病院と中規模の病院。

最初に行ったのは小規模の病院。事前のアポはとらなかったけど、ちゃんと受付に申し出て少しの間、見学させてもらった。やはりデイケア、通っているのは高齢者ばかりだった。潮風リハビリテーション病院も高齢者の占める割合がかなり高いが、それよりももっと高い。

ただ、根本の問題はそこじゃない。

回復期リハビリテーションでは主にマンツーマンなのに対し、ここはグループ指導であるという点。トドロッキーの目標は仕事復帰だ。自立した生活を目指す人たちとは全然違う。指導がマンツーマンならまだしも、そういう高齢者たちと一緒になるグループ指導ってのはとてもキビしい。

ここの病院では条件付きでマンツーマンでの対応も可能ということだったけれど、施設の雰囲気もある。あまりにデイケアだった。通い始めてもすぐにトドロッキーの足が向かなくなるのは目に見えている。トドロッキーが受けたいのはドラマで言えば「回復期リハビリテーション・シーズン2」であって「リハビリシリーズ第3章・維持期物語」ではない。

ここには後日、トドロッキーを連れて行ってもみた。トドロッキーは理学療法士に自分が通うとしたらどういうリハビリが受けられるのかをあれこれ聞いていたが、帰り道に「ないな」と一言。選択肢からここは除外されることとなった。

次に、自費だけれどマンツーマンでリハビリを受けられるクリニックで話を聞いた。オーダーメイド性はものすごく高く、必要だと思うメニューを必要なだけ受けることができるところがいい。でも自費。自費だとだいたいどこも一時間一万円以上かかる。仕事復帰するためにリハビリを受けたいのに、仕事復帰しないと受けられないコストがかかるってのはキビシい。介護保険がこういうクリニックでも適用となるといいのになあ。

大病院のリハビリテーションルームはどんなだろうと行ってみれば、スタッフはベテラン揃いという感じ。もちろんアポなしだが、リハビリテーションルームの入り口付近にいたスタッフに、「ちょっと見てていいですか」と了解をもらった。きっとスタッフは、私が患者のだれかの面会人だと思ったんだろうけど、まあいいか。

リハビリしているのは外科手術後すぐらしき患者がほとんどだった。トドロッキーみたいな脳卒中の患者は見当たらなかった。が、せっかく来たのだ、ダメ元でさっきとは別のスタッフに聞いてみた。

「夫がリハビリテーション病院を退院するんですが、その後リハビリで通える病院を探しているんです。ここはそういう受け入れをやっていますか」

即答で返ってきた。

「それはやってないです」

大病院はまあそうか。

さてラストの中規模の病院、見晴病院。一番気になっていた病院だ。家から徒歩圏内にあり、内科から外科まで大概の科は備えている。綺麗でスタッフの対応もいい。ここにリハビリテーション科があり、常駐ではないがなんと希少存在だというリハビリテーション医がいた。

ここも予約なしで行ってみた。慣れから堂々とリハビリテーション室を覗《のぞ》く。近くにスタッフがいたら見学しに来たことを伝えればいいのだ。ところが声をかけられるスタッフがいなかった。視界に入るのは遠くにいるひと組の理学療法士と患者の二人だけ。リハビリテーション中だから声はかけられない。

雰囲気はひと目見てすごく気に入った。窓だらけでとにかく明るい。これだけで滅入らずに通えそう。器具類も当たり前だが普通に揃っている。ただひと組しかいなかったためスタッフの感じがまったく分からない。早々に退散して別の日にもう一度行ってみた。

今度は数組がマンツーマンでリハビリテーション中だった。患者は入院患者らしきパジャマ姿の人と、通院らしき私服姿が混在している。

ふむふむ。感じのいいスタッフばかりなのは分かったが、患者に脳梗塞の人はいなかった。この病院では外来受付している脳神経外科はあるが入院病棟がない。片麻痺《かたまひ》のリハビリをやってない可能性が高い。

雰囲気は最高なんだけどなあ。

もう帰りどきかと時間を気にしてたら、背後から声をかけられた。

「何か御用ですか」

不意打ちに驚いた顔で振り向いてしまった。そういえば見学の許可をもらっていないのだ。やばい。堂々としてないとこれでは不審者。声をかけてきたのは病院関係者でスーツの人だった。

「あの、実は、夫が脳梗塞で今リハビリテーション病院にいるんですね。もうすぐ退院なんですけど、退院後にリハビリで通える病院を探してまして。ここにリハビリテーション科があるのを知って、家からも通いやすいものですから、少し雰囲気だけでも見れたらなと思って見せてもらってたんですけど」

がんばって冷静さを演出して説明した。不審者じゃないんです！

「そうですか。見学は事前に予約をしてもらうことになってますので」

名詞を渡された。管理職の肩書きがある事務の人だった。事前に予約しないと会えない人に今会えちゃってるのか？　だったらチャンス！　改めて来て欲しいと言われているのに今この場で聞きたいことを聞くことにした、図々しいのは承知！

「もしこちらを希望したら、受け入れてもらえる可能性はあるんでしょうか。もちろん今入院している病院のソーシャルワーカーを通しますけど」

「今、私からは何とも言えないんです。ソーシャルワーカーを通してお答えさせていただくことになります」

おや？　ダメとは言わない？　可能性あるってこと？

「これまで、脳卒中の方をこちらで受け入れたことはあるんでしょうか」

「なくはないんですが、例が少ないですね。ほとんど入院の方のリハビリとなりますので。通院の患者さんもおおよそ、ここの病院を退院された方々でして。ここには脳神経外科の入院病棟がなく――」

「なくはない、んですね？　脳卒中の麻痺の方を受け入れたっていう例が」

「まあ、そうですね」

可能性ありだ！

「夫は五〇歳なんです。介護保険で受けられるリハビリの病院にも行ってみたんですけど、仕事復帰のためのリハビリって感じじゃなかったので……」

もっといろいろアピールしたいことがあったし聞きたいこともあったのだけど、しつこくしてつまみ出されてはこの先がなくなる。鬱陶《うっとう》しがられる前に退散すべきだろうとしゃべりを自制し早々にお礼を言って切り上げた。最低限の聞きたいことは聞けたわけだし。名前を聞かれなかったのだが、それはちゃんとルートを通さないと検討しないって姿勢を示されたのだと思い、こちらからも名乗ることはしなかった。

トドロッキーに見晴病院のことを話した。トドロッキーは見晴病院にかかったことがなく、様子がまったく分からないために及び腰だ。脳卒中の患者が少ししかいないっていう点もノウハウがないんじゃないかと乗り気がしないらしい。

「でもさ、介護保険のところよりかはずっといいと思うんだよね。見晴病院だと外来の脳神経外科もあるし、消化器科もあるから胆嚢炎を診てもらうことになっても同じ病院で安心じゃない?」

「ここでもいいんだよ」

もちろんこの潮風リハビリテーション病院でもいいのだが、数ヶ月しかいられない。それに遠い。私は自転車で片道三五分だけど、電車と徒歩でトドロッキーが来るとなるとどんだけ時間がかかるやら。数十分のリハビリを受けるのに半日以上ゆうに潰れるはずだ。

トドロッキーは少しずつだけど仕事を始めている。トドロッキーは例えば、執筆に詰まったとき、外に出て気分転換するってタイプじゃない。ひたすらPCの前でじっと考える。仕事量に関係なく、そうなったときトドロッキーは外に出ないのを私は知っている。通院が半日以上かかるとなればドタキャンすることになるだろう。そして、せっかくのリハビリをキャンセルしてしまったことに落胆もしてヤサぐれる。そういう人だ。だから家から近い病院に通えたらベストなのだが。

「見晴病院がOKの可能性がそもそも低いんだからさ、とりあえず申し込んでみるってことでいい？　断られたらここにするってことでさ。だってあそこ、リハビリテーション医がいるんだよ。すごくない？　この病院にすらいないんだよ？」

「OK出ても、行ってみてリハビリの感じがだめだったら？」

「じゃあここに戻って来ればいいじゃない」

「そんなことできんの？」

分からないけど。

「行ってみたらすごく良かったって場合もあるでしょ？」

「どうせ断られるんじゃない？」

面倒になってきた。

「じゃあ申し込んでみるってことでいいんだよね」

「いいよ」

ソーシャルワーカーに見晴病院に繋いでもらいたいと伝えると、ソーシャルワーカーは困惑の表情。

「見晴病院ですか。んー。前例がないんでどうか分からないんですけど、やってみます」

すると数日後、ソーシャルワーカーがものすごい笑顔で私に声をかけてきた。

「OK出ました」

お！

「出たんです」

ソーシャルワーカーは興奮していた。

「実は無理だろうなと思ってました」と私。

「そうなんですよ。僕初めてです。ああいう病院からOKもらったの」

そうだったんだ。だったらなぜOKが出たんだろう。名前も残してきてない訳だし。

「分かんないです。なぜでしょうね」

ソーシャルワーカーも首を傾げていたが、かくしてめでたく退院後の病院が決まった。同じ見晴病院の脳神経外科で薬も出してもらえることになり、私的にはめでたしだ。

ついにトドロッキーは退院を迎えた。

入院期間中に支払った医療費については、入っていた都民共済から下りた共済金とトントンだった。

適用となったのは入院についての項目で、一日につき九〇〇〇円が最高一二四日まで支払われるというもの。計約一一〇万円を受け取ったが、トントンだったわけだから、高額療養費制度を利用し、差額ベッド代ができるだけ発生しない部屋を選んでも、約八ヶ月の入院期間に同程度の医療費がかかったことになる。

かかったのは例えば足に装着する装具、装具をつけたまま履ける靴、パジャマやタオル類のレンタル代（リハビリテーション病院では持ち込みは禁止だった）、院内の食費、セカンドオピニオン費だとか、障害者福祉を受けるために医師に書いてもらう書類作成費用、介護グッズだとか。

保険は都民共済にしか入っていなかったし、共済金は生活費の補填にまでは至らなかったけど、でも入っていて本当によかった。申請すれば数日後には振り込まれた。この時期ちょっとでもお金が入るのは、かなりありがたいことだと実感した。

＊

見晴病院へは初回だけ付き添ったが、二回目からトドロッキーはえっちら一人で行くようになった。やはり近いっていい。何度か通っているうちにドドロッキーはいろいろ納得がいったようで「今後も通い続ける」と私に宣言した。

いくつか分かったことがある。

まず、ソーシャルワーカーが受け入れOKと言った件。受け入れるかどうかを判断したのは見晴病院のリハビリテーション医、五木医師。五木医師としてはトドロッキーと面談して判断するということだったらしい。だから初回だと思っていたのが面談だったということだ。

面談で五木医師はトドロッキーの手足に触れて麻痺の状態を確認した。これまで診てもらった坂の上脳神経外科の主治医三人も、潮風リハビリテーション病院の主治医も麻痺の状態を確認するためにトドロッキーに触れたことはなかった。四人とも脳神経外科医だから脳を診る医師であって麻痺を診る医師ではなかったんだなあと、当たり前のことを思ってしみじみした。

五木医師は麻痺足につけた装具のことにも精通していてアドバイスをくれた。さすがリハビリテーション医。トドロッキーが抱える麻痺による体調不調だとか体のバランスのことだとか、なぜこうなるのかっていう、私には手に負えない疑問にもちゃんと答えを出してくれる医師のように感じて、嬉しかった。

五木先生は、この面談でトドロッキーはもっと良くなると判断したそうで、これが受け入れを決めた理由だったらしい。

「どういうところを見てもっと良くなると思ったって?」

トドロッキーに聞いた。

「若さかなあ」

違うと思う。そんなの面談しなくても書類を見れば分かることだ。

「他には?」

「何だろ」

聞いてないんだったら聞いてないって言えばいいのに。

もう一つ分かったこと。私が見晴病院を訪ねたタイミングがものすごく良かったたってこと。五木医師は、そのとき前任者と入れ替わりで見晴病院に着任したばかりだったそうだ。五木医師は脳卒中の麻痺に関しての経験が豊富で、だからリハビリテーション科としてトドロッキーのような患者の受け入れを検討していく方向にあったらしい。

理学療法士や作業療法士にも脳卒中の運動麻痺のリハビリに精通している人がいた。前に勤めていた病院で経験していたらしく、トドロッキーにはそういった熟練の方々を担当につけてもらえた。

ここでのリハビリテーションは数ヶ月間のみという縛りもなく、しばらく続けていけることになった。ただし制度が介護保険に完全移行となるまでという条件。もうもう、それで十分です、ありがたい限りです！

見晴病院では脳神経外科でも診てもらえることになり、薬については一年もしないうちに大きな前進があった。二種類出ていた血液サラサラの薬を一種類に減らし、降圧剤もやめた（このきっかけについては次章で後述）。胃薬も抗うつ剤もやめるに至り、食べるように飲んでいた薬はかなりシンプルになった。

トドロッキー（轟夕起夫）が病室で書いた映画レビューより

『グレート デイズ！ 夢に挑んだ父と子』

（監督：ルイス・タヴェルニエ　出演：ジャック・ガンブラン、他）

轟夕起夫は『グレート デイズ！』を観て子どもに闘う姿を見せる決意をした

前号で予告した通りに、今回も入院先にて（左手のみで）執筆を進めております！　配給会社、という か宣伝会社のご好意によりＤＶＤを見せていただきまして、この作品と出会いました。『グレート デイズ！ 夢に挑んだ父と子』。

ちょっとベタベタな邦題だけども、原題はフランス語で『DE TOUTES NOS FORCES』。我らの力のすべて、力の限り、といった意味でしょうか。長年、車椅子生活の青年とその父親が、スイム3・8キロ、バイク（自転車）180キロ、さらにフルマラソン42・195キロを踏破する〝アイアンマンレース〟に二人して挑む。何だかこれだけで胸いっぱいお腹いっぱい、な気分になりますが、決してあざとい〝感動の押し売り映画〟ではないのでぜひお試しを。

本作は、ある実在の親子の人生を参照して物語に説得力を与えてるんですね。80年代より、脳性小児麻痺の息子の車椅子を押しながら走り、ボストンマラソン（しかも一般の部）をはじめ、世界一過酷とも言われるトライアスロン、ハワイ島アイアンマン世界選手権など数々のレースに参加して好記録を出し続けた〝チーム・ホイト〟こと、ディック・ホイトと彼の息子リック。二人を有名にした動画サイトでの映像で御存知の方も多いんじゃないでしょうか。あるいはテレビ番組でも紹介されましたし、11年に出版された著書『やればできるさYes, You Can.』もありますし。

さて、〝チーム・ホイト〟はアメリカ人ですけど、こちらのチームはフランス人。親父のポール（名優ジャック・ガンブラン）は息子の生まれつきの障がいと向き合えないでいるが、息子ジュリアンはネットで〝チーム・ホイト〟の存在を知り、父さんとレースに出たいと思い切って持ちかける。ちなみに演じるファビアン・エローは実際脳神経に障がいがあり、むろん映画初出演！　ニルス・タヴェルニエ監督の〝選択〟が吉と出た。

クライマックスの舞台はニースにて、毎年6月に開催されているアイアンマンレース。スタートの瞬間、キャメラは極端な俯瞰となり、大海原と〝巨大な人波〟を映す。合図と同時に参加者が飛び込むと、一面はまるで魚の大群のような様相を呈す。その中に、人を乗せたボートをロープで体に繋ぎ、引っ張りながら泳ぐ男が一人。若き頃、レースに出るもリタイアした苦い過去があり、また我が子の境遇から長年逃げていたポールである。彼は息子と過酷な訓練を積んで今、闘いの場にいる。

偶然か、ねらって付けたのか、父子の名はビートルズの「ヘイ・ジュイード」をめぐる有名エピソードを連想させるが（知らない方は調べて！）、ここぞという場面でシガー・ロスの「Hoppipolla」が流れる。「鼻血を出したってまた立ち上がれる」……画面に歌詞が出るのが、嬉しい。

親御さんは皆そうだと思うが翻って、俺はこれから自分の子どもたちに何ができるのだろうか？　再来月は退院だ。やることは決まっている。後遺症の残るカラダで闘う姿を見せるしかない。この最後の一文だけ、パソコンのenterキーを麻痺した右手親指で押してみた。

雑誌「ケトル」２０１４年8月号（太田出版）掲載

第6章

麻痺との闘いは続く、夫も、妻も

～夫の回復は超緩やかに

退院後のトドロッキーは、しばらく家で寝たり起きたり。近所の散歩は大冒険。ちょっとの起伏につま先が引っかかるし、すぐに汗だくとなって疲労でフラつく。今にも後ろにひっくり返りそうで、私はいざとなったら支えるつもりで後方を付いて歩いた。こんなんでよく花火大会に行けたもんだ。

胴体の麻痺《まひ》側の筋肉が落ちて左右のバランスが崩れ、痛みが出た。立ってるのは疲れるし、椅子にも長くは座っていられない。

内臓の筋肉もうまく動いていかず便秘がひどくて、対策にあれこれ試してみるものの数日おきに腹痛でのたうちまわる。

それでも仕事復帰のための準備はした。

まずは映画試写に出向くことを想定して、いくつかの試写室まで実際に足を運んでみた。時間にどれくらいゆとりを持てばたどり着けるのか、駅のエレベーターはどの位置にあるのか、階段なら左手で掴める位置に手すりがあるか、人波に飲まれずに歩けるルートはあるかなどを確認。歩くのにかかる時間を測ってみれば発病前の二・五倍。大きな交差点はタイミングによって渡りきらないうちに赤になってしまうため、次の青のスタート時まで待つ時間も見積もった。

下見には私もついて行ったけれど、実際の仕事のときは一人で出かけて行った。行った先でみなさんからいろいろ配慮もいただいて、トドロッキーは徐々に一人外出のコツを掴んでいった。

世の中のあれこれは両手両足を使ってちょうどいい仕様になっているから、片麻痺《かたまひ》でも使いやすいものを探していく必要もあった。物品調達は私の担当。ネットで探したり店をあちこち回って実際に物を見たりしているうちに、こんなに物が流通しているにもかかわらず条件に合うものがなかなか探し出せないことを知った。

まず探したのはズボン。トドロッキーが好んで履いていたのは綿パンツ。でも短下肢装具《たんかしそうぐ》をつけて履けるような裾幅の広いものがなかったため、裾幅が何センチなら大丈夫なのかを測り定規を持って店を回った。

結局よく履くようになったのはワークパンツタイプの綿パンツ。裾が広い。片手だといちいち鞄から小銭やパスモなどなど物を取り出すのが大変なため、何でもつっこんでおける大きなポケットがあると便利なのだけど、ワークパンツならポケットが豊富。腹部のボタンやベルトを締めるのは片手では時間がかかるため一部にでもゴムが入っているのがよく、ワークパンツだとこれもクリアできるものが見つかった。

雨の日対策も必要だった。

使える手は杖を持つため傘を持つ手がない。カッパを着ればいいのだが、脱ぎ着するのがけっこう手間。濡れたカッパを訪問先で袋に仕舞うのも難しい。アウトドアブランドを覗《のぞ》いてみれば、街着としてイケるデザインのパーカーで防水機能がすごい、トレーナーみたいに被って着るタイプのウインドブレーカーを発見。これがトドロッキーにヒットした。

フードを被ればカッパになる。訪問先でタオルで簡単に雨水を拭えばいちいち脱がなくても見た目におかしくない。行きは晴れているけれど帰りに雨が降りそうだって場合もその逆も、このウインドブレーカーなら着っぱなしで大丈夫。便利で重宝した。

アウトドアブランドのアウターは冬にも活躍した。冬のアウターって一般的にけっこう重い。上着が重いとものすごく疲れるトドロッキー、欲しいのは超軽くて、ゴワゴワしない動きやすい薄さでしかも超暖かいアウター。防水でフードがついているカッパ機能があればなおいいし、手袋がはめられないため袖は長めがいい。

スノージャケットを試してみた。スノボ用だ。街中で着ても違和感のない地味なスノボ用ジャケットを買ってみたが、これはトドロッキー的にはゴワゴワ感に着辛さがあったようで、ほとんど着ることはなく、息子が本来のスノーウエアとして着るようになった。

結局アウトドアブランドのタウン仕様のアウターに落ち着いた。ネックはファスナーだった。片手では閉めづらい。裾に麻痺手の指をひっかけられるよう紐を縫いつけてカスタマイズしたけれど、うまく閉められないときもよくあって前全開で寒風の中、帰って来ることも度々あった。

財布も探した。がま口なら片手で扱えるかなと用意してみたが、やはりどうしても支払い時にもたつくため、結局ポケットにじゃらりとコインやお札をそのまま入れるようになった。

リュックサックも探した。

ショルダーバッグを斜めがけ、っていうのは非常に歩きづらいという。見つけ出したいのは取材先に出かけて行くために本や書類が入る、片手で扱いやすいリュックサックだが、これが難航した。

まずファスナー仕様のは除外。片手では開け閉めしづらいから。

蓋《ふた》を被せるタイプのはいいが、中で一度紐を絞る作業をしなければならないものも除外。紐を絞る作業も片手では難しい。

蓋をベルトで閉めるタイプは、ベルトの両方を手で持たないと閉められないものを除外。

立てかけてもクタンとして自立しないのも除外。片手でものが出し入れできないから。

本体が重たいのも除外。それでなくても本を入れる。極力軽くないとだ。

開け閉めしたり、ものを取り出すのに両手で作業する必要があるリュックの一例。これらのタイプは片手だけではかなり手間取る

締めづらいファスナーは、つまむ部分を取って紐をつけている

これらの条件をクリアしたのはネットでようやく見つけた一点。それでも使ってみれば、本のような重たいものを入れると形が変形して残念なフォルムとなったのだけれど、もう妥協するしかない、ほかにないのだ。

そもそもリュックサックって荷物をバランスよく持ち上げられない構造をしている。トートバッグみたいなバランスのいい構造になっていたらファスナーだって紐だって必要なくなるはず。店頭ではあんなにたくさんのデザインが売られているのに、バランスが解決されているリュックサックはほんのわずかだ。

私自身リュックサックが好きでいろんなデザインのものを使ってきたのだが、ファスナーや紐を閉め忘れたまま背負ってしまうと、ベロンと中身が見えてしまって一気にだらしなくなるあの感じは嫌。よ

ファスナーやベルトや紐を使わなくてもリュックとして成立するよう考えて製図したものを、鞄職人さんがそのまま仕立ててくれた片手仕様リュックの第1号

く閉め忘れるから幾度となく恥ずかしい思いをしてきたけれど、撫で肩のため頻繁にずり落ちて来るトートバッグよりは遥かに使い勝手がいい。ベロンと中身が見えてしまうのは構造上バランスが悪いからで、これが解決されればきっとトドロッキーにも使いやすいリュックサックが誕生する。

そんなことを考えているうちに、いつかトドロッキーが使いやすいリュックサックを作ってみたい気持ちが芽生えた。きっとトドロッキーが日常使いこなせるのなら、子どもの手を繋いだままリュックの中のものを取りたい親御さんだとか、片手で何かしら作業中の人にだって便利なはずだ。【編註・P.298写真のように、これはその後実現する。詳細P.333参照】

ありがたいことにトドロッキーは退院後もボチボチなペースで仕事をいただくことができた。

ちょっとずつでも仕事に戻ることはトドロッキーにとって、リハビリ的にもいい効果をもたらしていると感じる。

雨でも強風でも出かける必要がある。そんな日は歩きのバランスを強化する訓練となり、人と会えば滑舌の訓練に。トドロッキー自身決していつも前向きに挑んでいるわけではないし、むしろかなり

夫・轟夕起夫とリュック

ヘコたれながら仕事に向かうような場合も多いのだが、仕事の緊張感がいい作用をしているように思う。とくに感じるのは会話面だ。

家で家族と会話するときのトドロッキーは腹にも肺にも力が入らない感じのかすれ声。ぱっと次の言葉が出てこなくてテンポものんびりだし、舌がうまく回っておらず発音が聞きづらいときもある。でも文字起こしのためにトドロッキーが外で録ってきたインタビュー音声を聞いてみれば、しっかりした声量で家よりもずっと滑舌よくしゃべっている。

もちろん発病前に比べれば滑舌は悪いし、ぱっと名詞が出てこないこともあってトドロッキー自身はとても不本意なんだろうけど、人が対面すればそこで交わす会話って言葉だけのやりとりだけではなくなる。相手の表情で言葉の裏の本意や周辺意図を受け取ることになるし、場の雰囲気も織り込まれるから言葉に不足があっても会話は成立するものだ。トドロッキーが思うほどの支障はない。

なお、インタビュー音声の中のトドロッキーのしゃべりは、麻痺の手足の機能回復に先行し改善していった。退院後一年を過ぎた頃には退院前とほぼ変わらないテンポとなり、名詞もスムーズに出てくるようになった。このことで、手足の麻痺も時間はかかるかもしれないけど必ず良くなっていくと確信できた。ただトドロッキーは私が感じるほどしゃべりが良くなっている実感がないようで、「今日もだめだった」とよくこぼしていた。

退院から九ヶ月のことだった。トドロッキーは体調が優れない日が続いていた。PCの前に座るのも辛そうで横になりがち。退院後はしばしばそんな感じではあったけれど、ときどき現れる体調がましになる日がなかなか現れず不調のまま。もしかしたらそれ、降圧剤の副作用なんじゃないだろうかと疑っていたそんな頃、なんと私がアキレス腱を切ってしまった。

原因はバドミントン。

トドロッキーが不調なのになぜ楽しげなバドミントンを一人やっていたかといえば、ひとえに自身の健康のためである。

トドロッキーを支え、家計をなんとかするため、できる限り健康でいなければならない。まだ社会人未満の息子たちを前にすれば、ここは努力して健康を維持するべきで、何なら健康増進だ。

トドロッキーのリハビリテーションを通して、体は年齢に関係なくトレーニングで動くようになることを学んでいる。今より一〇歳分若返った動きができるようになれば、今より一〇年長く働けるってことだ、多分。

＊

それからもう一つ、脳が新しいことを覚えるのに年齢は関係ないことも学んでいる。体が動くようになれば、筋肉と繋がっている脳も活性化する。筋肉が増えれば毛細血管が増え、同時に脳の毛細血管も増えていく。脳の毛細血管が増えれば脳は活性化する。脳が元気なら新しいことにもチャレンジできる。老齢でも筋肉は鍛えれば増えていくのだ。年齢は関係ない。

そこで決意した。

体づくりをする！

トドロッキーが体調不良であってもサポートの必要がないとなれば、私は私のリハビリテーション＝トレーニング＝スポーツをするために出かける！

ただ、スポーツといっても何をすればいいやらだ。

絶対条件は無理をしないこと。リハビリテーションで一番大切なのは長く続けていくこと。続けていけるようなスポーツじゃないとだ。

自分の都合のいい時間にサクッとできるスポーツといえばジョギングだとか水泳だとかジムだとかになるんだろうけれど、自分の性格に照らし合わせてみればどれも続く気がしない。そんな折、近所の体育館で、みんなで楽しもう的運動プログラムとしてバドミントン教室をやっていることを知った。

いいじゃない、楽しそうだ。個人参加でいい。初心者には指導してくれ、ゲームもできる。ラケットも貸してくれ、ただ動きやすい服装で行けばいいらしい。お手軽な感じが気に入った。ものは試しだ、行ってみようかな。

結果、参加初日でアキレス腱を切った。

驚いた。まさかの初日だ。

健康増進のつもりが健康を大きく損なった。

準備体操が不十分だったんだろうことを瞬時に猛烈に反省した。

が、切れてしまったんだから仕方ない。数秒で反省をやめた。トドロッキーの脳梗塞について、再発防止のために原因が何だったか考えることはしても反省はしないことにした経験を生かす。そもそも原因だって複合的なものだったと思えるし、何が引き金だったのかもよく分からないのだ。

反省をやめるとこの状況が面白くなってきた。だってありえなさすぎる。夫婦で「片足」なんてなかなかない。いずれも頼みの綱は左足。妙なトコがお揃いになった。

アキレス腱断裂は手術しなくても繋がるけれど、完治までは手術の方が若干早いと医師に説明され、若干ってトコが悩ましかったが手術を受けることにした。

手術入院には見晴病院を選んだ。トドロッキーが通っている病院だ。トドロッキーを家に残して入院するのは心配だが、病院が同じならトドロッキーの体調不良時だとか、何かあったときに便利な気がした。

四泊五日の入院生活を経て松葉杖の片足生活がスタートした。今は術後すぐ手術した足に少し荷重して歩けるらしいが、私が手術を受けたときは手術後数週間はギプスをし、その足を完全に浮かせて生活するよう指導された。数年で医療って随分進む！　片麻痺治療も期待したいっ！

話を戻す。とにかく私は片足生活に入り、歩行速度がまさかのトドロッキーよりノロい状態になった。インターホンが鳴ったとき、出ようとして動いたらトドロッキーと同時スタートとなり、なんと負けを喫して自分がどれほどノロくなったのかを悟った。


松葉杖と片足で一歩進めば、岩をひとまたぎするのと同じくらいの疲れを感じる。一〇歩ゆくごとに息を整える休憩が必要で、あそこまで行ったら止まって息を整えようとマメに目標を立てながら汗だくで道をゆく。階段を登れば、感覚的にはロッククライミング。体験したことはないんだけれど。

混雑している場所ならさらに疲れが増す。人と肩がぶつからないよう、かつ、人の流れを乱さないよう慎重に急がなければならない。

雨の日は松葉杖では傘がさせないからトドロッキー同様カッパ機能を備えたパーカーを着た。松葉杖だと雨の路面に滑って転んでは受け身が取れないから骨折の危険も出てくる。骨折は全力で避けたいから一歩一歩すごく気を使って歩いた。

難所はやはり駅だった。

ほぼ常に混雑しているし、雨の日は構内がスリッピー。

構内の上下移動も悩ましい。エレベーターが乗りやすい場所に設置されているなら迷わずエレベーターを利用する。ところがエレベーターって乗りやすい場所に設置されていることはほとんどない。大抵はずっと奥か、一番端か、分かりづらくて迷う場所だ。そこにたどり着くまでかなり歩かなければならず、これがキツい。結局エスカレーターを選ぶことになるが、乗り降りでモタつくと後ろから押されてしまいそうな恐怖がある。

これらすべて、トドロッキーが経験していること。まさに追体験をしているような感じだ。トドロッキーの不自由さは見ていてある程度分かっていたつもりだったけど、かなりのことを分かっていなかったことに気づく。


道を松葉杖でノロノロゆけば、面白い体験もあった。

歩きが超スローだとすごく人とすれ違う。前方から来る人とすれ違うのは当然として、後方からやってくる人にもどんどん追い越される。さらに松葉杖のギプス女は目立つ。だからか、すれ違う見知らぬ人からよく声をかけられた。

「大変ねえ。お大事にねえ」

最初に見ず知らずの七〇歳くらいの女性から声をかけられたときは驚いた。

「ありがとうございます」

ダイレクトに質問されたのはもっと高齢の、八〇歳くらいの女性。

「気を付けてね。骨折？」

具体的に突っ込んできた。

「アキレス腱切っちゃったんです」

「あらあ。そう。お大事にねえ」

励ましてくれた。

別の日は、見知らぬまた別の高齢者の女性から、交差点のど真ん中ですれ違い様に声をかけられた。

「靭帯？」

こんなところで聞く！

「いえ、アキレス腱です！」

ノロノロながら最高速度を出さないと、青のうちに交差点を渡りきれないのでこれ以上は聞かないで。

「お大事にねえ」

「ありがとうございます」

後ろを振り向いていては渡りきれない。輪禍《りんか》がかかっているので声をかけてくれた人には悪いが後頭部を向けたまま大きな声で返した。仕方ない。

スーパーでも。

「大変でしょう。私も松葉杖のときあったから分かるわあ。お大事にねえ」

ふと思う。

片麻痺でひょこりひょこりと歩くトドロッキーは、こうやって見ず知らずの人から声をかけられたことがないんじゃないか？　見たことないし聞いたこともない。一応本人に確認した。

「一人で歩いているときさ、知らない人からお大事にとか、お気を付けてとか声をかけられたことある？」

「知らない人から？　ないよ」

やはり。

「お大事にねえ」の声をかけてくれたのはいずれも私より年上の女性、主に元気な高齢者。私が同性でしかも年下だから声をかけやすかったということもあるだろうし、街のおばちゃんたちってのは、こういう声かけ的コミュニケーションに慣れているというのもあると思う。

だけどもう一つ、ギプス姿ゆえ、いずれ治る人だってことが一目瞭然なのが肝なのかもだ。おばちゃんたちの「お大事にねえ」は「治るまで大変ね」であって、「お疲れさま〜」的な当たり障りのない挨拶だもの。もし私がトドロッキーみたいな片麻痺の歩きをしていたら、おばちゃんたちはきっと気軽には声をかけない。

そんなことを考えてたらまた別の日、ついに女性以外、元気な白髪の男性に声をかけられた。シトシト雨の日だった。

「松葉杖、疲れないですか」

後ろから歩いて来た彼は松葉杖の私がずっと目に入ってたんだろう、横に並んだときに穏やかな口調で声をかけてきた。

「すっごく疲れます」

もう、本当にすごく疲れていた。汗が吹き出ていた。傘がさせず雨に打たれながら、すべらないよう気を付け、できるだけ早く帰宅すべくノロノロの最高速度で歩いていた。

「でしょう。それだと疲れるだろうなと思ったんですよ」

男性は松葉杖の使い方のレクチャーをしてくれた。流れで他愛もない会話をしているうちに気づけば、彼は自分の傘を私に半分、差し出してくれていた。恐縮です。

帰宅してから思い返せば、あれってアイアイ傘だったと言えなくもない。そういえば彼から声をかけてきた。形的にはナンパだ。松葉杖マジック。

翻《ひるがえ》ってトドロッキーである。

こんなふうに声をかけられているところを見たことがないが、仲間同士のアイコンタクト・コミュニケーションなら何度か目撃した。

見知らぬ片麻痺の人とすれ違うときだ。視線を合わせて、かるく笑顔を交わしていた。あれは紛れもない「こんにちは」だ。さらに「あなたも脳卒中ですか」「発病してからこれまで大変でしたよね」「よくご無事で」「歩けるようになったんですね」「散歩でリハビリですか」「お互いにがんばりましょうね」っていう内容も含まれている。これはこれで片麻痺マジックとも言えるのかな。

そんなトドロッキーの追体験的生活を送っていたとき、トドロッキーに救急車を呼ぶ事態が起こった。

食事をしていたトドロッキーが突然声を荒げた。いつもとはまったく違う苛立ち方。トドロッキーの発病前夜に見せた、苛立った様子がフラッシュバックした。脳梗塞再発を疑った。

聞けば、「手が痺れる感じがする。体も動かないんだ」と訴える。

「血圧は?」

トドロッキーは日に何度も血圧をチェックしている。

「上がってない」

血圧が高いかどうかが脳梗塞発症時の一つの指標になる。上がってないなら大丈夫だろうとは思ったが、手が痺れるという点に心配があった。坂の上脳神経外科の医師は救急車を呼ぶことを躊躇《ため》っちゃいけないと言っていた。すぐに119に連絡した。

脳梗塞を一度度経験していて、手の痺れを訴えていると伝えると救急隊員がすぐに来てくれ、病院に搬送となった。

さて問題は付き添いである。

私は付き添えるけど松葉杖の片足。松葉杖の片足が付き添いなのはアリなのか？　足手まといだと判断されるならトドロッキー一人で病院に向かってもらうしかないが。

逡巡していると救急隊員は言った。

「付き添えますか？」

なるほど。付き添いは患者に万一何かあったときの病院側の保険だ。乱暴な言い方だけど病院側の説明が聞ける耳と何かしらの書類にサインできる手さえあればいいんだ、きっと。

「はい」

支度はすでにできていた。

トドロッキーはフラフラするということでストレッチャーで救急車まで移動。私はノロノロの最高速度で後を追ったがスピード出ずで、救急車一同が私を待つという事態に。すまんトドロッキー。

救急車に乗り込もうとしたときも、目の前の救急車のステップが松葉杖の片足にはやたら高くてびびった。もうすでに一同を待たせている状態、もたもたはできない。こけて怪我してもどうせ病院に行くのだ、一緒に診てもらえばいい。意を決し思いっきりジャンプするようにして飛び乗った。やってみれば見事クリア。松葉杖スキルがグンと上がった瞬間だった。

その後、病院に着いてからは松葉杖でもとくに困ったことはなかった。病院はそもそもけが人にも使いやすいようにできているってことに、行ってみて気がついた。

トドロッキーはあれこれ細かく検査してもらったが脳梗塞の再発ではなかったことが分かり、一安心。ただその後も体調は地の底を這うような状態が続いた。降圧剤が悪さしているのではという疑念が湧く。血圧が毎日低すぎるのだ。トドロッキーは発病時から体重が三〇キロ落ちているから薬をやめても前ほど血圧は上がらないのでは。

主治医に相談して降圧剤をやめてみることにした。すると、トドロッキーの体調は徐々に回復していった。

降圧剤のせいだったのかどうかは分からないけれど、降圧剤をやめて以降、血圧上昇はとくになく問題は出ていない。

＊

その場では分からないことがある。人とのコミュニケーション中に感じた違和感が後を引きずったとき、ザワつき続けている胸のあたりを静めたくて、違和感を感じたあのときまで遡《さかのぼ》って検証する。自分なりに解釈してまあまあ納得できる答えが出てきたとしてもまだ寝付けない。今度はまあまあ納得できるその答えを自分に馴染ませていく作業が必要で明け方までかかるが、さすがに眠くなって眠りにつき終了。その後、別の答えが出てきて腑《ふ》に落ちることもあるし、延々と持ち越しになる件もある。

こういう案件のことを独り相撲案件と呼んでいる、私の中で。

話は少し戻る。

アキレス腱断裂をやったことでトドロッキーの片麻痺の追体験をしたような気になった。治るイメージのある中で挑むリハビリテーションと、治るイメージを持てない中で挑むのとは大きく違うんだろうってことも実感した。

でも私にとって一番良かったのは、それまでの生活をリセットして新たに進むための大きな起点となったことだった。そしてそれは片足体験をしたことではなく、入院三日目、独り相撲案件と格闘したまさにその体験だった。

トドロッキーが脳梗塞を発症し、入院二日目からすぐ急性期リハビリテーションを受けたのと同様、私も術後翌日、入院三日目から受けることになった。切って縫ったアキレス腱周辺の皮膚がものすごく痛む中でのリハビリテーション。痛さでほとんど眠れなかったから睡魔もある。できれば動きたくない。モチベーションがまったく上がらない中、その時間となって理学療法士がベッドに迎えにやってきた。

「こんにちは。松葉杖の練習をしましょう」

トドロッキーはこの病院のリハビリテーション科にかかって既に九ヶ月。リハビリテーション科のみなさんはトドロッキーのことをご存知で、そこにいたのはトドロッキーを担当することもある理学療法士、志知元さんだった。

「よろしくお願いします」

志知元さんのことはトドロッキーから聞いていた。彼が信頼を寄せている一人である。直接話をしたのは初めてだったから、「トドロッキーがいつもお世話になっています」と挨拶をした。

「ご主人から『しっかり治してやってください』って頼まれてます」

志知元さんは笑った。

「プレッシャーをかけられちゃったんですね。申し訳ないです」

トドロッキーの妻がアキレス腱を切ってこの病院に入院した、間もなくリハビリテーションルームにやってくる、ってことでリハビリテーション科はざわついたらしい。まあそうか、私に若干の注目があってもおかしくはない。ちょっと恥ずかしいが今更だ、トドロッキーのために良妻を演じたいところだが、無理かもなあと、思考がちょっと忙しくなった。

「痛みはどうですか」

「すっごく痛いです。アキレス腱が切れても痛くなかったのに、皮膚を切るとこんなに痛いものなんですね」

志知元さんは物腰が柔らかですごく話しやすい人だった。

「バドミントン、ですか」

「そうなんですよ。やっちゃいました。体鍛えなきゃって思ったんですけどね。健康になりたかったのが、かえって不健康になっちゃって」

せめてネタにして笑っていただけたらと、おどけて見せたつもりだった。

「大丈夫ですよ」

志知元さんが言った。とても優しい言い方だった。

すると、ふっと私の中で堰《せき》が切れたみたいに感情がこみ上げてきた。目頭が一気に熱くなって慌てた。

やばいやばい。

何これ。私、どうなってる？

ものすごくがんばって涙腺を閉めた。

まったく意識していなかったが、私の中に大きな水溜りができていて、それをなんとか止めるために堰ができていたようだった。

応急処置で補修した堰が崩壊して涙が飛び出てこないよう、その後は他愛もない話を交わすのに集中した。

志知元さんに車椅子を押してもらってリハビリテーションルームへ移動し、マッサージを受けた後、松葉杖の高さの調整をしてもらって歩く練習。一通りのプログラムを終了後、ベッドに送り届けてもらった。

ベッドで一人になると、また胸が熱くなって、なぜなのか分からないまま今度は流れるまま涙を垂らした。志知元さんの「大丈夫ですよ」に私はなぜまだこんなに揺さぶられているのかを考えざるを得なくなった。

トドロッキーは担当してくれている理学療法士や作業療法士の軽いプライベート情報を知っている。ということは自分のこともしゃべっているはずで、息子が二人がいるということだとか、その息子が思春期ゾーンにいることだとかも志知元さんは知っていると思われる。

もちろん志知元さんはトドロッキーの体調や麻痺の状態をものすごくよく理解してくれている。トドロッキーが仕事がボチボチできているとはいえ、体調にはかなり波があるから復帰への道は長期戦だということや、麻痺を抱えながら仕事をすることがどれほど大変かも。

我が家が抱える脳梗塞再発の恐怖もきっと分かってくれているし、私が稼いでいくことの必要性だって、そのために健康でいなければならないことだって分かってくれてるはずなのだ。そのためのバドミントンであって、そのバドミンドンでアキレス腱を切ったわけだから、私がけっこうなミスをしちゃってがっかりだってことも、全部分かってくれているような気がした。志知元さんの笑顔にそんな、分かってますよ的な意味はなかったと思われるが、包容力ある笑顔だった。

だからって、その笑顔にほだされたわけじゃない。

そういうことじゃない。

私はトドロッキーの退院後、がんばるぞと決めたことがある。たくさん抱えすぎても力量的に無理だから絞りこんだ。

一つは自身の健康管理。バドミントンでスタートを挫いたが、治癒後にまたスタートし直す所存だ。

もう一つは食事作り。脳梗塞は血管の病気だ。でもトドロッキーが飲んでいる薬は血管を治す薬じゃない。いわゆる血液さらさらの薬。細くなった血管でも血を流れやすくする薬だ。じゃあ血管は自力で治すしかない。体は新陳代謝するんだし、トレーニングで年齢に関係なく筋肉がついて毛細血管が増えるのなら、病気の血管を作り変えていくことだってできるんじゃない？

トレーニングと食事はセットで語られる。トドロッキーの体調では体を動かすトレーニング的なことはままならないため、キモはきっと食事。血管を若返らせる食材だの料理だのの特集は、テレビのバラエティ番組や雑誌でもやっている。食事でトドロッキーの血管を治すのだ！

そうはいっても栄養を計算して材料を測ってなんかは到底できないし、やったところで続きそうにない。もともと私の料理は塩味が薄いので塩分は普通に作っていても問題ないはず。ならばとにかく三食いずれも野菜各種がメインで摂れる料理を用意すると決めた。

トドロッキーは発病前、料理をけっこう作る人だった。できることとできないことがはっきりしているトドロッキーの、料理はできる方の枠に入る。だからってこともあり、私はこれまであまりプレッシャーを感じずに料理をテキトーに作っていた。トドロッキーが片麻痺となって料理するのが難しくなったため、これからは私に任せてとなったわけだが、その料理を「薬」の域まで持っていくと決めた。

がんばると決めたことはこの二つだけど、しっかりしなきゃと身構えていた自覚はかなりある。

トドロッキーは体調と同時に気持ちの浮き沈みもかなり激しかった。受け止めるのが私だけならいいけれど、家には息子たちもいる。息子たちに何かしらの影響が出ないよう、私が緩衝材にならなきゃという気の張りもあった。

あんまりがんばらないようがんばるつもりだったのが、結果、知らず知らずのうちに自分は追い込まれていたんだと思う。

そんなときにいただいたのが、志知元さんの「大丈夫ですよ」だった。

トドロッキーの発病後、「大丈夫」と私に声をかけてくれた人はありがたいことにたくさんいた。でもそれは志知本さんのかけてくれた「大丈夫」とは違う。トドロッキーはきっと大丈夫だから心配いらないよ、って意味の「大丈夫」だった。

志知元さんが言ってくれた「大丈夫ですよ」は、私自身についてのこと。私が「大丈夫ですよ」で、だから安心してくださいってことだ。私自身について「大丈夫」と言ってもらったのは、きっとトドロッキーの病後初めてだったんだと思う。だから堰が切れた。トドロッキーの体調と麻痺のことをよく知ってくれている人が、トドロッキーを夫に持つ私に対して「あなたは大丈夫、安心して」と言ってくれた。そう私は勝手に感じとって堰が切れた。

この独り相撲案件にそんな答えを出して、流れた涙が腑に落ちた。

キツかったんだな私。

涙と一緒に、溜まっていた澱《おり》が流れていった感じがした。涙が止まったときには気分が軽くなっていた。涙はストレスを流すというけれど、まさにそれだ。

自分自身がリセットされたような気になった。

私は大丈夫。そう思えたら自分の器が少し広がった気がした。これからいろいろやれそうな気すらした。この先また何が起こるか分からないんだから、怖がらないでいろいろチャレンジしてみようとすごく前向きになった。性格が単純で良かった。

アキレス腱断裂での入院は四泊五日だった。中三日はとくに、朝起きてから寝るまで、食事を作らず、一切の家事もせず、トドロッキーや息子たちありきの言動も一切することなく、ただひたすら自分のためだけに時間を使った。

入院中はものすごく傷口が痛かったけれど、私には必要な四泊五日だった。

余談だがこの入院期間にもう一つ、出来事があった。

「大丈夫ですよ」案件発生日の翌日だったか。リハビリテーションルームで前日同様マッサージと松葉杖の練習を終え、ほかの患者の様子を眺めながらベンチで休んでいるときだった。リハビリテーション科医が私のところにやってきた。トドロッキーのリハビリテーションの主治医でもある五木医師だ。五木医師とはトドロッキーの診察の付き添いで会ったことがある。

「私もお世話になることになってしまいまして。よろしくお願いします」

二言三言挨拶のやりとりをした後、五木医師は笑ってこんなことを言った。

「あのとき不審者扱いしたの、実は僕です」

へ？　何のことだ？

「ここに見学に来られた日、あったでしょう、一人で」

あ、トドロッキーの通院する病院を探していたときのことだ。そうか、リハビリテーションルームの様子を見ていた私に、スーツを着た病院の事務の人が背後から声をかけてきた、あのときのことを言っているんだ。

「僕が人を呼びました」

そうだったんだ！

「不審者だったんですね、私やっぱり」

じゃあ、あちこち偵察に行った先の病院でも要注意人物として監視されてたかもしれない。今頃、私に言うって、五木医師はずっと気にしてたのかな。

ってことはもしかして、私はトドロッキーの妻ってよりも、やばい女の夫がトドロッキーってことだったのかもだ。

赤面。

「まさか私もここに通うようになるとは思ってなかったです」

話題を変えてみた。

「まあ、治るから」

五木医師はこんなの何でもない、みたいな笑顔で言ってくれた。

「そうですね」

トドロッキーのに比べたら、ものすごい速さで私の足は治るのだ。

松葉杖がとれてから、私は五木医師と病院外でばったり会った。五木医師が病院横のスーパーの外に設けられた喫煙所で一服していたところに出くわした。挨拶すると、「見られちゃったなあ」とバツが悪そうに笑った。「見ちゃった!」って感じでの挨拶はしてないし、五木医師だって別にコソコソと吸ってたわけではないのだけれど罪悪感があったようだった。なんだ。罪悪感を抱えつつ不審者と化したあのときの私と、罪悪感つながりってことで若干の共通点を見た気がして、一気に親近感が湧いた。

脳の言語野が生まれつきない烈脳症の男性のご両親にインタビューさせていただいたとき、ご両親は息子が言葉を理解していると言った。常識でいけば理解できないことになるのだが。

男性にもお会いしたが、確かに彼が言葉を理解していると分かった。彼は誰かが説明している場ではその人に注目し、その人が言葉で案内したことをふまえた行動をしていた。言葉が示す内容を別の方法で理解しているということなんだろうとご両親は言った。

彼は言葉を話さないが、ご両親もまた彼が示す意思を理解することができていた。家族間で、言葉と、言葉じゃない方法が混在するやりとりでコミュニケーションが成立していた。

つまり、男性の言語野以外の脳が、その脳独自のやり方で言語野の仕事をしているわけだ。

＊

脳梗塞のリハビリテーションに話を戻せば、脳は一部が機能しなくなってもほかの部分が補う働きをすることが前提で行なわれている。烈脳症の男性の脳が示していることと同じ。男性がコミュニケーションの力を得たのはご両親と取り組んだリハビリテーションの成果でもあるわけだけど、あれだけのことができているって事実を目の当たりにし、脳梗塞におけるリハビリテーションの大きな可能性の示唆だと私は受け止め、トドロッキーの機能回復を強く信じることができた。

例えば覚えづらい名詞群を無理やり覚えていくときに、ある人はリズムに乗せると覚えやすいと言うし、ある人は脳内で映像に置き換えると覚えやすいと言う。覚えるのに、人によって脳の違う部分を使っているってことだろうし、脳内は各部が連携しているということだ。脳梗塞で脳の一部が機能しなくなっても、ほかの部分ががんばり出す。例えば私が苦手なことも脳の別の経路を使えばやれたり得意になったりする可能性があるってこと。脳ってすごいと、単純に思う。

トドロッキーの発病から約五年。脳梗塞の再発はなく、なんとかやっている。発病時を思い起こせば、随分と機能回復は進んだ。リハビリテーション病院退院後もゆっくりだが確実に進んでいる。

トドロッキーに言わせれば、脳梗塞の後遺症は「自分を信じられなくなる」ことらしい。体が麻痺し、できていたことができなくなる。自分の体に対しての違和感が常にある。今の自分を否定したくなる。体調も感情もコントロール不能になる感覚がある。そんな自分不信が今後もずっと続いていくのだと。

それでも、私から見れば少しずつ良くなっている。

体調の波は相変わらずあるけれど、がんばれる時間が少しずつ長くなってきている。

気持ちの波が大きかったのは退院後一年くらいまでだったように思う。抗うつ剤は退院後早々に医師との相談のうえ飲むのをやめた。その後、飲み続けていた方が良かったのかなと感じたことも度々あったけれど、今はそう思うこともなくなった。

外を歩くときに装着する短下肢装具は、初期の油圧式のロボ的な装具から油圧式ではない軽量なものに変えた。麻痺側のつま先は装具をつけても今でも地面を擦るから靴のつま先はすぐに削れるし段差にも引っかかる。でも、いつひっくり返っても不思議じゃないくらい不安定だった退院直後の頃の歩きに対し、今はかなりバランスが良くなり、歩き方がスマートになった。

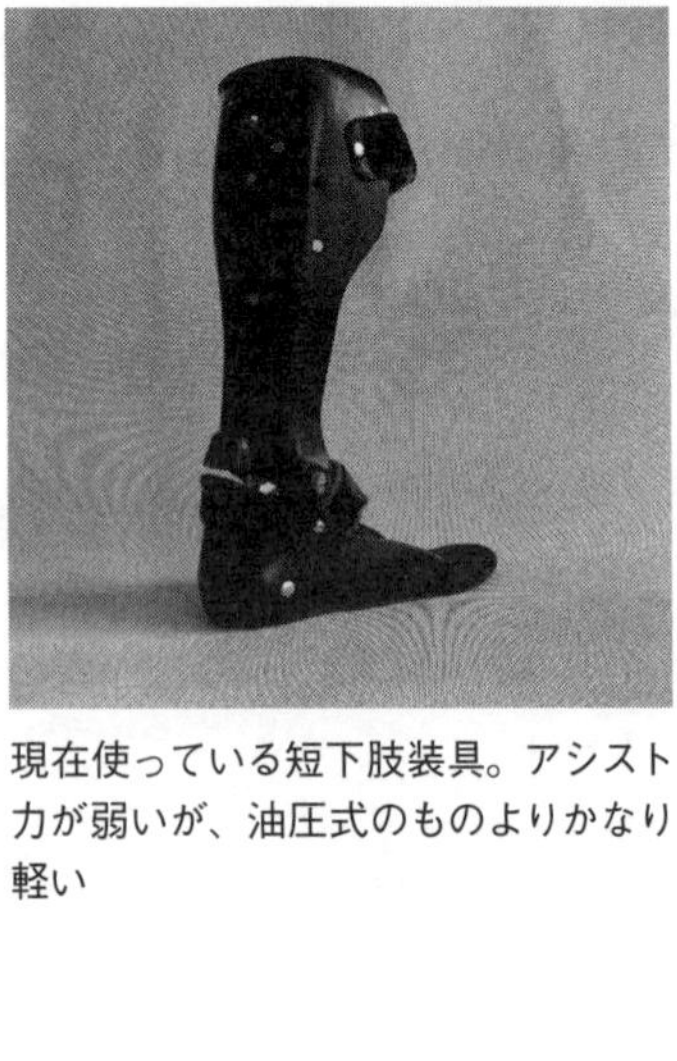

現在使っている短下肢装具。アシスト力が弱いが、油圧式のものよりかなり軽い

装具を外す室内では今も一歩進むのにかなり時間がかかる。それでもやはり歩き方は良くはなっている。

麻痺手ではペットボトルがふわりとつかめるようになり、超ゆっくりコップに注げるようになった。

腕や指の痙縮は相変わらずあり、例えば歩行時は肘が曲がったままなので腕を前後に降ることはできないけれど、直立時の痙縮は少し良くなり、調子がいいときは〝気をつけ〟に近い姿勢をとれるようになった。

右手の人差し指で超ゆっくりPCのリターンキーを押せるようになった。

滑舌は、ときどき舌が回らなくなるが、ほぼ回復した感じがする。

ほかにもいろいろ、ちょっとずつ前進している。

だからきっと、こういうこと。

「大丈夫ですよ」


トドロッキー発病4年目の映画レビューより

『焼肉ドラゴン』

(監督・脚本：鄭義信　出演・真木よう子、井上真央、大泉洋、他)


実力派の競演で浮かび上がる「小さな焼肉屋の、大きな歴史劇」

未来に希望を託したくなる、最良の日韓コラボレーション映画

8年間（！）続いた連載の最終回なので、少し個人的なことを冒頭に書かせていただく。この「エンタメレストラン」という企画、筆者にとって、生涯忘れられない仕事となった。というのも今から4年半ほど前、突然の大病（＝脳梗塞）で倒れ、一命は取り留めたものの重い後遺症が残り、絶望的な気持ちのまま病院でのリハビリ生活を繰り返していたとき、「また書いてみませんか？」と最初に〝ライター復帰〟のチャンスを与えてくれたのが当サイトであったのだ。

右片麻痺なので利き手利き足が動かず、車椅子も必須……そんな状態だったために大いに悩んだが、配給会社からDVDをお借りし、持ち込んだパソコンでリハビリの合間に視聴、左手一本でデジタルメモを打って病室で完成させたその記事が2013年の韓国映画、日本では2014年5月に公開されたユ・アイン主演の『カンチョリ オカンがくれた明日』だった。

というわけで、ラストも韓国映画を選ぼうかと思ったのだが、ここは一つ、未来に希望を託し、日韓コラボレーションの形として最良な作品を。『焼肉ドラゴン』。2008年に日本の演劇賞を総なめにした伝説の舞台の映画化である。1970年、日本の高度経済成長期。大阪万博に沸く関西の地方都市で焼肉屋を営む在日コリアンの一家の物語で、韓国の名優キム・サンホとイ・ジョンウンが〝アボジ（父）とオモニ（母）〟、真木よう子、井上真央、桜庭ななみが〝三姉妹〟、そして大泉洋がキーマンの〝幼なじみ〟に。それぞれが渾身の演技で「小さな焼肉屋の、大きな歴史劇」を体現してみせる。

その舞台がどれほど素晴らしいかは、2011年の再演のときに、評判を耳にした大泉洋がチケットを求めるもなかなか手に入らず、結果、一人で北九州芸術劇場まで足を運んだというエピソードでも分かるだろう。ステージ上では1回の公演当たり、300グラムのホルモンを実際に炭火で焼き、客席まで煙や匂いが届いて臨場感あふれる劇世界が構築されたというが、映画版も負けていない。300坪（約990

㎡）の大セットが組まれ、当時の在日コリアンたちが肩を寄せ合っていた集落を再現、パッションに満ちた「人情喜劇」がそこで展開される。

イタリアの熱きシチリア移民のドラマでもあった、あの『ゴッドファーザー』（1972年／フランシス・フォード・コッポラ監督）が、結婚式のシーンから始まっていたように、『焼肉ドラゴン』も開幕早々、店の中で結婚パーティが開かれる。ここで簡潔に登場人物の紹介と、家族が抱える諸問題、不穏な要素も合わせて示されていく。ちなみに、主要舞台となるこの店、看板には「ホルモン」とだけ書いてあるのだが、アボジ（父）の名前が〝龍吉〟ゆえに、いつの間にか「焼肉ドラゴン」と呼ばれるようになってしまったわけである。

さて、演劇と同様に、日韓の実力派俳優たちが共演、得がたい交流の歴史を刻むこととなった『焼肉ドラゴン』という特別な作品。演劇界の重鎮、作・演出の鄭義信（チョン・ウィシン）が今回、自ら初監督を務めており、各役者のほとばしる熱量、ポテンシャルをさらに引き出している。例えば、真木よう子扮する長女をめぐって、大泉洋とハン・ドンギュ、ライバル同士がマッコリの飲み比べをするシーン。リハーサルとはアプローチを変え、本番時にはサプライズ的に長回し撮影を敢行。それに若干動揺しつつも、見事に応えてゆく3人のアンサンブルが最高なのだ！

最後に。8年間の長きお付き合いに感謝しつつ、本作のアボジ（父）の口癖で、映画のキャッチコピーにもなっている言葉を、皆さま方にもお贈りして〝連載の結び〟としたいと思う。「たとえ昨日がどんなでも、明日はきっとえぇ日になる」。いやあ、本当に。切に「えぇ日」になってほしいなあ〜。

WEB「エンタメレストラン」2018年6月（ぐるなびPROサイト内）掲載

エピローグは夫へのインタビュー

――私の視点のみで綴ったけど、読んでみてどうだった？

夫　最初はね、正直ところどころ、少しツラかった。発症直後のことや病院でのあれこれの恐怖の時間がフラッシュバックして。でもだんだんと、客観的に描きだされた自分の姿とか、当時はあずかり知らないアナザーストーリーから目が離せなくなっていった。「あの時はそうだったのか!?」って。

――覚えてなかったりするしね。

夫　うん。とくに入院当初は覚えていないことが多かった。視点が変われば当然、そこに浮かび上がる光景も大きく変わるし。入院中の顛末は、いつか自分でも書く気でいたんだけど、「これは僕には書けないな」と思ったよ。

――アナザーストーリーだからね。自分で書くにはもう少し時間が必要なんじゃない？　私だってずっと書く気にはなれなかったんだし。入院したての頃、「自覚症状があった」って言ってたよね。すぐに病院に行っておけばって自分を責めて欲しくなかったから詳しく聞かなかったんだけど、振り返られる？

夫　大丈夫。発症の二日前の昼過ぎ、まさにインタビュー取材中に突然右足に力が入らなくなったんだ。「おかしいな」と感じながらも話を続けて、取材が終わった頃には何ともなく歩けたから、そのままにしてしまった。あとから知ったよ。それが前兆の〝一過性脳虚血発作〟だった。文字どおり、一時的に脳に血流がいかなくなって、手足や顔の運動障害、感覚障害といった脳梗塞と同じ症状が起きる。短時間で回復するものの、二日以内に本格的な脳梗塞を起こす可能性が高い。ぴったり合致しているでしょ。

――その日は他には何も？

夫　知り合いの舞台を観に行ってから家に帰ったんだけど、極度の疲れは感じていた。

――忙しかったから仕事の疲労だと思うよね。

夫　だから脳梗塞の前兆だとは微塵も考えなかった。その翌日、入院する前日はもっと疲れがひどくなってさ。そんなに長い原稿ではないのになかなか仕上げられなくて、頭がボーっとして集中力が続かなかったんだよね。ペンでメモを取ろうとしたら、うまく書けなかった。フニャフニャとした文字になってしまって。普通に考えればそれはもうアウト、緊急事態のサインなんだけど異変とは思わなかった。この時点ですでに状況判断力が鈍っていたのかもしれないなあ。字があんなふうに書けなくなったことは初めてだったんだから。

――そうだったんだ。イラついて不機嫌だったことは記憶にある？

夫　いや。夜、眠れなかったのは覚えているよ。原稿も溜まっていたし、取材予定も詰まっていて、過密スケジュールを前にして途方に暮れていた。どこから手をつけていいか分からない状態で。とりあえず明け方まで取材の資料に目を通し、寝落ちして、朝、立ち上がってすぐに、何とも言えぬイヤな胸騒ぎがした。そうしたらドーンと脳に激震が走った。頭の中が揺れたんだ。と同時に視界が急に斜めになって、感情が制御できなくなった。

――そこからの話はこの本に書いたことだね。リハビリテーション病院を出て、家に戻ってからがまた大変で。片麻痺《かたまひ》を抱えて生活や仕事をしていく日々を、感覚的に誰にでも摑めるような言葉にすることはできる？

夫　うーん、どうだろう。家に戻った当初は、後遺症を伴って生きることをこんなふうに説明していたんだ。「泳げない状態で海に投げ出された感じです」って。それでもとにかく、残された機能を使って泳ぎ続けないといけない。

――なるほどね。入院中に仕事との繋がりを持ち続けられたことはどう？　すごく配慮してもらって有り難かったよね。

夫　深く感謝してます。まず「脳がヤラれた」という事実の衝撃が大きくて、果たして自分のしゃべっていることさえもが正しいかどうか分からなくなっていたからね。仕事を通して、アイデンティティを確認していたと思う。ほかにも、お見舞いに来てくださった方々、いろんな人たちにお世話になりました。

——弟さんやお母さんにも支えてもらって。

夫　うん。それから言わずもがな、二人の息子と君にも。そういえば、発病の約一ヶ月前、大晦日から正月にかけて、初めて家族四人で旅行をしたじゃない。

——八丈島へね。初めて？　そうか。四人だけってのはそれまでなかったのかあ。

夫　入院中に、何度も何度も思い出したんだよ。手足が動かなくなって、あの旅の意味を考えた。もしかしたらあれが最後になるのか……いや、違う。まだ生きるんだって。またチャンスはあるんだって。島で息子たちと、何気なくキャッチボールをしたことが忘れられない。いまだにちゃんとボールも握れない右手だけども、回復をさせて何とかもう一度、キャッチボールをしたいなあ。それが一つの夢。それから君の左手を握って、陽だまりの中を歩くこともね。

——ほほお。

本書P.299で想像された“片手仕様の街歩きリュック”は、
著者自身の考案による「TOKYO BACKTOTE」として、
購入型クラウドファンディング
Makuakeにてプロジェクトが成功しました。
（プロジェクトは2019年4月16日に終了
→https://www.makuake.com/project/tokyo-backtote/）。
2019年7月以降、Makuakeストア他にて一般販売予定。
（詳細→http://wa3b.net）。

三澤慶子（みさわ・けいこ）

北海道生まれ。ライター。（株）SSコミュニケーションズ（現（株）KADOKAWA）にてエンタテインメント誌や金融情報誌などの雑誌編集に携わった後、映像製作会社を経てフリーランスに。手がけた脚本に映画『ココニイルコト』『夜のピクニック』『天国はまだ遠く』など。半身に麻痺を負った夫・轟夕起夫の仕事復帰の際、片手で出し入れできるビジネスリュックが見つけられなかったことから、片手仕様リュック「TOKYO BACKTOTE」を考案

轟夕起夫（とどろき・ゆきお）

東京都生まれ。映画評論家・インタビュアー。本書著者の夫。2014年2月に脳梗塞を発症し、利き手側の右半身が完全麻痺。左手のみのキーボード操作で仕事復帰し、現在もリハビリを継続しつつ主に雑誌やWEB媒体にて執筆を続けている。近著（編著・執筆協力）に「好き勝手 夏木陽介 スタアの時代」（講談社）、「伝説の映画美術監督たち×種田陽平」（スペースシャワーブックス）、「寅さん語録」（ぴあ）、「冒険監督 塚本晋也」（ぱる出版）など

カバーイラスト　曽根 愛
ブックデザイン　五十嵐ユミ
編集　村上 清
編集協力　落合美砂　今井晶子

夫が脳で倒れたら

2019年5月1日第1版第1刷発行

著者　三澤慶子

発行人　岡聡
発行所　株式会社太田出版
〒160-8571
東京都新宿区愛住町22 第三山田ビル4F
電話 03（3359）6262
振替00120-6-162166
http://www.ohtabooks.com

印刷・製本　株式会社シナノ

ISBN978-4-7783-1666-2 C0095　